旅路のはてまで男と女◆目次

◆バツイチの夢

◆旅路のはてまで

◆ハズバンドのお仕事

◆美女空間

旅路のはてまで男と女

◆バツイチの夢

秋の酒

私は最近会う人ごとに言われる。

「ハヤシさんが、こんなに意志の固い人だと思わなかった」

ダイエットが続いていることを指しているのだ。

こういう人は、昔から私が何回となく挫折しているのを見ている。ちょっと痩《や》せたと思ったら、みるみるうちにリバウンドして前よりも太った姿を記憶している人たちである。

我ながらよくやっていると思う。このあいだはちょっと気をゆるめたら、あっという間に三キロ太ってしまった。が、その後気を引き締めて頑張り、二・六キロ瘦せた。なにしろ太っていた頃の服を、すべて人にあげてしまったので、ちょっと肉がつくともう着るものがなくなる状態をつくったのである。

この二年間というもの、ほとんどお米とお酒を口にしていない。

ご飯はなんとかなるにしても、二度めのつらい季節がやってきた。そう、お酒がぐっとおいしくなる秋になったというのに、一滴も口に出来ないのである。

私はワインも好きだが、日本酒にも目がない。日本の秋の味覚にぴったりくるものは、やはり日本のお酒だなあと、つくづく思う時がやってきたというのに……。

このあいだあるお店で、マツタケの天ぷらを出してくれた。スダチをかけていただくのだが、そのおいしいことといったらない。

「これって国産のもの？」

と聞いたところ、

「うちの店で国産は使えません。これは北朝鮮のものです」

という答えが返ってきた。

「でも香りがよくていいでしょう。天ぷらだったら充分にいけますよね」

本当。しかもこのマツタケは歯ざわりもよく、実においしかった。冷酒をきゅっとやりたいところであるが、私はずっとウーロン茶で我慢した。このところ、何を食べても、どこへ行っても、ウーロン茶以外口にしない私である。

呑んべえのうちの夫は言う。

「キミみたいなのが混ざると、本当にイヤなんだよな」

テーブルのアルコールが進むうちに、みんなのテンションが上がっていく。声も態度もデカくなる。そういう時に最後まで冷静な人間がいて、じっとこちらを見ている。

「もうそれくらいにしたら」

「そろそろお勘定にしてもらいましょう。えーと、割りカンで幾らかなあ」

などと言い出すので、本当にシラケるというのである。

そういえばお酒を飲まないばかりに、なんとなく、皆のノリについていけないなあと思う時が多々あった。

「この男、こんなにだらしなかったっけ」

と長年の友人をじとーっという目で見ていたことも否めない。これもすべてウーロン茶のせいである。

「だからさ、ハヤシさん、今度は僕のやり方でやってみようよ」

と熱心に言うのは、ダイエット仲間の三枝成彰《さえぐさしげあき》さんである。昔からこのテのことに研究熱心な三枝さんは、いろんな薬や痩身法を教えてくれた。今のダイエットの先生を紹介してくれたのも三枝さんだし、三年前には怪《あや》し気な漢方薬をプレゼントしてくれた。

「あっという間に五キロ痩せる」

ということだったが、二十分おきにトイレへ駆け込むという強烈なものですぐにやめた。この三枝さんが、最近凝《こ》っていて「究極」と断言するのは、お医者さんのところで処方してもらうアメリカ製の最新の薬だという。なんでも大脳を刺激して、食欲を失《な》くすんだそうだ。

「三カ月たったらやめなきゃいけないぐらいのすごく効く薬だよ」

だけどこれって、ちょっと怖い気がするけど……。

「いいんだよ。僕はつき合い上、お酒をどうしてもやめられない。ハヤシさんと同じ方法をやると、お酒は一滴もダメでしょう。だからこっちの薬の方をとるよ」

ときっぱり。

私は大脳を刺激したのがきっかけで、もっと悪くなったらどうしようかと考える。それで一緒に病院へ行こう、という三枝さんの誘いにのれないのであるが、お酒を飲めるのは魅力かなあとちょっと心が動く。

そんな時、よりにもよって「ワインの会」の日となった。この会は食事会の際、これぞと思うワインを一本ずつ持参し、みんなで楽しもうという趣旨のもとに始めたものである。

「私、今回もウーロン茶飲んどくわ」

と言ったところ、そんなことダメ、と皆から叱られた。

その日、中華料理店の個室に持ってきたワインが並べられた。オーストラリアやアメリカ、イタリアの珍しいものがある。みんな中華料理ということで、スパイシーな味や味噌に合うものを工夫したのだ。それなのにペトリュスを二本持ってきた人がいた。おーっというどよめきが起こる。

「中華にペトリュスはもったいないよ。次にしようよ」

と飲まないつもりの私は主張したのであるが、ただちに却下された。

ペトリュス、というのはめったに飲めない超高級ワインである。が、そのワインを最後に飲むことにしたので、たどりつくまでに六本のワインが抜かれた。その前にシャンパンもある。ま、いいか今夜ぐらいと、次々とグラスを空けていく私。

おお、このやわらかいやさしい気分は、久しぶりに味わう酔いというものではないかしらん。なんかすっごく楽しいし、まわりの男性がとてもいい男に見える。お料理も素晴らしくおいしいし、割りカンで示された金額も、「なんて安いの！」と思えるから不思議。そして私にしては珍しく二次会にも流れ込んだ。

「やっぱりお酒は飲まなきゃね！」

この日は朝までぐっすり眠れたし、朝の肌の調子もよかった。お酒の偉大さをつくづく知った夜であった。そんなわけで、今夜は日本酒を飲むことにする。私の意志はその程度のものであるが、秋だから仕方ないか（ところで二日続けて飲みに飲み、今日体重は二キロ増えていた）。

休暇

　この二週間、私は悩みに悩んでいた。

「フランスに行くべきか否か」

　今年はフランスとやたら縁があり、一月にフランス食文化に貢献したということで、あちらの食品振興会から「シュバリエ」の称号をいただいた。

　私はスピーチで、

「確かにフランス料理が好物で、デブになったのだから、これはいただいていいと思う」

　と言ったのだが、あまりにもウケなかった。特にフランス人はちらっと笑いもしなかった。見ていた人が、

「ハヤシさん、すっかりスマートになったから、フランスの人はまるっきり意味がわか

らなかったと思うよ」

と慰めてくれたけどもそうかしらん。

そして二月に、フランス政府観光局とエールフランス航空が主催する「フランス旅の親善大使」に任命された。

ま、自分ではそうは思わなかったが、私とフランスというのは本当にイメージに合うのだろう（!?）

ところでこの旅の親善大使に選ばれると、一年の間にフランスを旅しなくてはならない。どこかの雑誌のグラビアに出ることが条件だが、編集者やカメラマンの費用もみんな主催者側がもってくれるという結構な話だ。

私はシャンパーニュ地方にしばらく滞在し、あちらでの生活をレポートしようと思っていた。今週には出発ということで、すべてのスケジュールが組まれていた。ところがこのテロとそれに続く戦争である。会う人ごとに、

「絶対に行かない方がいいと思うよ」

と忠告されてきた。

大手の出版社では、ほとんど「出張禁止令」が出ているそうである。行なわれたばかりのミラノコレクションには、日本からのマスコミは姿を見せず、かろうじてやってきたのは、外資系の出版社の日本版の人たちばかりだったそうだ。

本当にどうしようか。ハイジャックと空港テロが起こったら一巻の終わりである。今だったら何が起こっても不思議ではないと、あれこれ考えていたら、一緒に行くはずだった雑誌の編集者がやってきた。

「ミラノコレクションから帰ったばかりですが、あちらはやっぱり異様な雰囲気でした。ハヤシさんに何かあったら、こちらは責任持てません。この旅はもうちょっと延期しませんか」

そんなわけで、何のスケジュールも入っていない日が、八日間ぽっかり空いてしまったのである。私にとって初めての経験である。大切な大切な八日間。いったいどうやって過ごそうかな。

「千と千尋の神隠し」は絶対に観る。

歌舞伎の昼の部の新之助を観る。

「ポンペイ展」へ行く。

実家へ帰る。

ご無沙汰している人と食事に行く。

などとあれこれ考える。

ところがフランスに行かないことを決定してから、ハタケヤマがすごい急いで予定を入れ始めたのだ。私はある週刊誌で対談のホステスをしているのであるが、フランスに

行く間は当然することが出来ず、かなりストックをつくっておいたはずである。ところが、

「水曜日に一本入りましたからよろしく。それからフランス行きでダメと思ってた、FM出演とインタビューを入れておきましたからね」

せっかくの休暇を人に渡したくない私との攻防戦が始まったのである。

こういう場合は、とにかく外へ行ってしまうに限る。私が手帳を持って出ると、彼女は私のスケジュールがわからず、すべての返事が〝保留〟になるからである。

まず行ったところは帝劇だ。今ここでは森光子さん主演、林真理子原作という芝居がかかっているのである。原作といっても私はたいしたことをしていないのであるが、それが幸いしてかお芝居はとてもいい仕上がりだ。私は山梨から従姉《いとこ》たちを三人招待した。みんなお芝居とおいしいものが大好きなので、終わってから例の中華レストランに行くことにしている。

休憩時間、ふと後ろを振り返った従姉は、大声をあげた。

「あれー、○○ガソリンスタンドのおばさんじゃんけ」

郷里の近所の人が、真後ろに座っているのだ。こんな偶然ってあるだろうか。

「あれー、山梨でも会えんのに、こんなところでばったり会うなんて。しかも真後ろの席」

従姉が驚くと、その○○さんはバスを仕立てて十五人でやってきたという。八十八歳だというのにすごいパワーである。

「マリコさんのお芝居だから、見に来ただよ。本当にたいしたもんだよ」

誉《ほ》めてくれるのは嬉しいのであるが、おばさんは立ったまま大きな声で、戻ってきて座ろうとする左右の人に私のことを喋《しゃべ》る。もう恥ずかしいったらないけど、昔からよく知っている近所のおばさんだから我慢しよう。

「ほら、ハヤシマリコさんよ。ここにいるのはハヤシマリコさんよ」

「ああ、お会い出来て嬉しいですよ」

女の人が言った。

「私たちは新潟から来たんですよ」

新潟だって。おかしいなあ。山梨からバスで来たんじゃなかったっけ。

「ところで、その席、私たちの席なんですけど」

新潟の人がおばさんに向かって言った。

「えー、それじゃ、私の席はどこずらか」

なんと座ることが出来ず、席の間でつっ立ったままパニック状態になるおばさんだ。

そのうちに場内が暗くなる。それでも立っているおばさん。

後ろから女の人が走ってきた。休憩が過ぎても帰ってこない姑を心配して、お嫁さんが探しに来たのだ。

「ほら、タカコさん、ここだよ」

「おばあちゃんはこっちだよ」

私の従姉たちが大きな声で知らせる。私はその間ずっとうつむいて他人のふりをしていた。

私の休暇はまだまだ続く。

おばさんの意見

私がフランス食品振興会から〝シュバリエ〟の称号をいただいたことは既にお話しした。これにはメダルが副賞としてつく。どこかのフランス料理店へ行く時、これをぶらさげていったら少しは待遇が違うかな、と思うけれども試したことはない。

さて先日、このフランス食品振興会から電話がかかってきた。

「シュバリエのハヤシさんに、ぜひ若手ソムリエコンクールの審査員になっていただきたいんですが」

「とんでもない」

即座に私は言った。

「私はワインが好きで、ダイエット前はよく飲んだ方だと思いますが、とにかく銘柄が憶《おぼ》えられない。葡萄の見分けもつかないし、まるで知識がないんですよ。こういう人間が審査員をやれるわけがありません」

「いいんですよ。そちらの方を審査する人はちゃんといます。ハヤシさんにはお客となってサービスの方をみてもらいたいんです」

それならばなんだか面白そうだということでお引受けした。

このソムリエコンクールは公開となっている。当日行ってみると、広いホテルの宴会場に三百人の人たちが詰めかけている。ワイン愛好家とプレスの人たちなんだそうだ。

会場に入って行こうとすると、ハヤシさんと呼びとめられた。なんと女優の川島なお美さんではないか。相変わらずすごく細くてキレイ。ワインの勉強のために、こうしたイベントには出来るだけ出席しているという。

なお美さんとは、以前エイズチャリティコンサートをご一緒させていただいた仲だ。なお美さんはオーケストラを指揮することになっていたのだが、楽屋でもワインの名を書いたメモをめくりながら暗記していらした。なんでも近いうちに試験があるということだった。

その熱心さは今も変わらないらしい。

こういう方々が観客かと思うと、少なからず心が引き締まる私である。

舞台には日本ソムリエ協会の会長や、フランスから来た有名な評論家などがずらりと並んでいる。司会はなんと田崎《たさき》真也さんだ。

私はといえば、審査員の席の前にしつらえられた丸テーブルに座る。フランス人の男性と一緒である。フランス人と私は、最終審査に残った五人のソムリエに同じ質問をする。

フランス人の男性はフランス語で、

「ワインに合ったチーズを教えてください」

私は日本語で（あたり前か）、

「来月フランスへ行くんだけど、ロワール地方ってどんなとこ」

と尋ねることになっているのだ。

渡された採点用紙には、

「靴は磨いてあるか」「フケは落ちていないか」「服は清潔か」から始まり、「会話はウィットとユーモアにとみ、決してひとりよがりではないか」

ということなど、項目が四十ぐらいあったのではなかろうか。

やがて都内の有名ホテルに勤める最初のソムリエが登場。可哀想になるぐらい緊張している。まずはワインリストの間違いを指摘する試験だ。スクリーンに映るワインリストを見ながら、

「このワインの二〇〇〇年は、まだ市場に出まわっておりません」

「このワインのスペルは間違っています」

などと答えるわけだ。

その後はブラインドテスト。用意された十種類のワインを口に含み、銘柄と年代を当てていく。シロウトの私から見ると、

「何でこんなことが出来るの」

と感嘆したい場面が続く。

そしていよいよ、審査はサービスの部に移る。が、ここでひとつ新しいハードルがつくられる。田崎さんが言った。

「赤の○○○（もう名前を忘れた）を、あちらにいるお客さまが選ばれました。けれどもこちらの手違いで冷蔵庫に入れたままです。さあ、この条件でやってください」

ソムリエ氏はこちらに向かって言った。

「冷えたままですので、デキャンタさせていただいてもよろしいでしょうか」

ろうそくに火をつけようとしたが、手が震えてうまくつかない。

「ガンバレ、ガンバレ」

と私は心の中でつぶやいた。

が、五人の若いソムリエは頑張った。フランス語の質問には、

「英語で言ってよろしいでしょうか」

と断わり、何とか答えようとする。中にひとりフランス語のとてもうまい人がいたが、

よほど勉強したに違いない。

私の質問の答えにも個性が表れていてとても楽しかった。

後でパーティーの時に、田崎さんに聞いたところ、

「こちらの手違いで、赤が冷蔵庫に入ったままで……」

などとお客に言う必要はないそうだ。ソムリエたるもの、

「こちらのワインは、デキャンタすると花が開くようになります」

とさりげなくそちらの方へ持っていくのが正解らしい。まことにサービス業というのは奥が深いものだ。

さて今日、原稿依頼があった。あのソムリエコンテストを見ていた業界紙の人から、レストランのサービスについて書いてくれというのだ。忙しいのでお引受けすることは出来なかったが、私は最近言いたいことが幾つかある。

最近のレストランのサービスの悪さといおうか、気のきかなさである。

私は食べるのが早い。他の人たちはまだ三分の一ぐらい残っているのに、もう私の皿が綺麗になる。ところが、まだ最後のひと口が私の口の中に残っていてモグモグやっているのに、皿をさっと引かれる。

「ちょっと待ってよ」

私は言ったことがある。

「私だけ皿が無いのはヘンでしょう。そんなに早く持っていかないで」

こんなことは山のようにある。レストランではないが、先ほど、銀座の有名デパートで靴を買ったところ、白い布の靴袋に煙草の焼けコゲがあった。それも紐で縛る目立つ位置だ。紐を結んだ店員が気づかないはずはない。どうせすぐに捨てるだろうと思ったのだろうが、

「お客さま相談室に電話したろか」

よせよせと夫。

「そういうことに文句言うのはおばさんの証拠だ。我慢しなさい」

そうかなあ。客がソムリエを育てるとよく言われる。おばさんの意見が店員を育てる、ってことにはならないんだろうか。

お弁当

乗っていたタクシーが信号待ちをしている間、ふと左側を見た。

ワゴン車の中で、若い男性が四人お弁当を食べている。何かの工事の途中なのだろうか、そのうち二人は坊主頭である。彼らはプラスチック容器に入ったコンビニ弁当を食べていた。無心に箸《はし》を動かす青年たちを見ていたら、胸がキュンとせつなくなってきた。

私は男の人がものを食べている光景にとても弱い。ラーメンや牛丼ならどうということもないのであるが、お弁当が駄目なのだ。

昼下がり、住宅地にタクシーが停まっている。歩きながら、見るともなく中を覗《のぞ》くと、運転手さんが持ち帰り弁当、あるいはコンビニ弁当の箸を遣っている。それも見ると思わずホロリとしてしまうのだ。

それならば奥さん手づくりのお弁当ならいいかというと、これがまた涙腺《るいせん》を刺激する。

最近はあまり流行《はや》っていないようであるが、ひと頃筒型のランチジャーというのをみんな持っていた。黒い二段式のアレである。真冬などに工事現場を通りかかると大工さんが、あのジャーでお昼を食べていた。いくら目を凝らしても、おかずの中身まではわからない。けれどもふりかけがかかった、ぎっしりのご飯の器が見える。

「奥さんに大切にされてるんだなあ。いいなあ……」

と思ったとたん、私の目の奥がじんわりと熱くなってくるのである。

が、これにはある法則があり、私を泣かすのは働いている男でなくてはダメなのだ。茶髪の若者が、コンビニの前や駅の広場に座り込んで、お弁当を食べていたとしても何とも思わない。冒頭に述べたように、若くても工事をしている人ならばジーンとくるのである。公園のベンチでひとり食べているサラリーマンもかなりくるけれども、やはりガテン系にはかなわない。

男っぽい外見と、仕事をしている人たちが弁当をつかうという無防備な姿を見せているところに母性本能が刺激されるのであろう。

女の方も観察を続ける。市場で女の人たちがお弁当を食べる光景を、東南アジアならいろいろなところで見ることが出来る。韓国の市場でも、おばさんたちが大きな声で呼び込みをしながら、しっかりとお弁当を広げていたっけ。お客がいても恥ずかしがることはなく、スープの入った鉢を堂々とすすっていた。私はこの光景が大好きである。おばさんたちが手にしているボウルの中身は、いかにもおいしく、栄養がありそうだ。

しかし日本の市場で、売り子の女の人が堂々とお弁当を食べているのを見たことがない。みんな家に帰るのか、それとも食堂へ行くのか。そうでなかったら、店の奥に入ってひっそりとひとり食べるのか。いずれにしても、フィリピンやタイ、韓国の人たちがするようなことを、日本の女性はしないという結論を出した。もしかすると昔ながらの教えにある、

「女は人前でモノを食べないこと」

を忠実に守っているのかもしれない。

ところが先日、沖縄の公設市場へ行って驚いた。おばさんたちが、店番しながらお弁当やおソバを食べているのである。やはり沖縄というのは、東南アジアとつながっているところなのだと、すっかり嬉しくなってしまった。

しかしそれにしても、コンビニ弁当というのはどうしてあれほどまずいのであろうか、ご飯を口に入れると、妙な酸っぱさがあるのだ。うちの親戚の女の子は、忙しい仕事の最中、夜はずうっとコンビニ弁当ばかり食べていたら、体中に湿疹が出来てしまった。お医者さんの言うとおり、しばらく故郷へ帰ってお母さんのつくるものを食べたら、一週間で消えたという。

ある料理雑誌を読んでいたら、コンビニ弁当の添加物について書かれていた。いつも

新鮮に見せるために、かなりのものが入っているというが、某大手のコンビニ会社社長はこう言う。

「うちの弁当は添加物をいっさい使っていません。つくりたてのものをすぐに冷凍し、売るときに加熱調理します」

これが美談のように扱われていたのであるが、私に言わせるとどちらも「ゲェーッ」という感じである。

安さを優先するあまり、弁当をそこまでこんがらからせたのは誰なんだろう。三百五十円の弁当が必要な人は、何人もいるはずだ。しかしあのレベルのものだったら、家に帰ってご飯をチンし、ふりかけをかければ三分とかからない。こちらの方がずっとおいしいと思うのは、私だけではあるまい。

そこへ行くと、東京大丸地下の駅弁の充実ぶりといったらすごいものがある。念のために言っておくが、私はコンビニ弁当は嫌悪するが、駅弁は大好物である。新幹線に乗る前、あそこの地下へ行き、今日はどの弁当にしようかと、あれこれ迷う楽しさといったらない。シューマイ弁当にしようか、それともトンカツ弁当にしようかと、ケースの前を何度も往復する。

しかし昨今《さっこん》のダイエットである。私のするダイエットは、ご飯はいっさい禁止である。したがって新幹線の中でお弁当を食べると、ご飯をみんな残し、捨ててしまう。このことにものすごい自己嫌悪があり、私はおかずパックだけを買うことにした。

ホームのキヨスクでおかずだけを買う。チーズにサラダのパック、トリの照りやきなどを買う。が、結構これが高い。ヘタをすると駅弁の三倍ぐらいかかってしまう。

よって私は新幹線に乗る時、お弁当を持つようにした。といっても、昨夜の残り物にプラス、茹《ゆ》でた野菜、6Pチーズというメニューだろうか。タッパーを開く。まわりから痛いほどの視線を感じる。みんなお弁当が羨《うらやま》しいのかな。いや、ビンボーったらしいタッパーの中身を黙々と食べている私に、もしかするとこう感じる人がいるかもしれない。

「ハヤシマリコが、黙々とお弁当を食べてる姿ってカワイソー。泣きたくなっちゃう」

他人の弁当を気にしすぎて勝手に涙ぐんでいる私は、どこかで憐《あわ》れに思われているような気がする。

バツイチの夢

最近たて続けに、三回結婚披露宴に招待された。そのうち二回は、花嫁さんが四十代である。が、ウェディングドレスをまとった彼女たちは本当に綺麗で、会場からもほうっというため息がもれた。

ひとりは初婚で、ひとりはバツイチ子連れの結婚である。年がしまった花嫁さんは、世間の荒波にもまれているから、気の遣い方が尋常ではない。披露宴のお料理も引出物も、花嫁さんが心を砕いてくれているのがよくわかった。

このうちバツイチの花嫁さんの披露宴は、ビュッフェ式ですごいご馳走だ。部屋によって料理の種類を変えているのも気がきいている。

私は彼女の一回めの披露宴のことを思い出した。私のようなトシになると、一回め、二回めも出席した、ということが多くなってくる。が、彼女は二回めの方がずっと美しく、おムコさんもランクアップしているのだからたいしたものだ。

あの一回めの披露宴は、確かイタリアンレストランだったっけ。レストランウェディングが流行り始めた頃で、とても贅沢なパーティーであったが、今回のこのお料理もおいしいわ。いろんなものが凝っていて、鮨コーナーもある。

私は出席者の中に、A氏の姿を見つけた。A氏は私のダイエット仲間である。私の先生を紹介したところ、一年間でなんと五十四キロの減量に成功した人だ。昨年まではかなりの巨漢であったが、今はただの大柄の人となっている。

「でもAさん、気をゆるめちゃダメですよ、今日もちゃんと注意しながら食べましょうね」

同好の士を見つけて私はとても嬉しい。二人で移動しながらあれこれ皿に盛る。

「これじゃちょっと野菜が足りませんね。あっちへ行って、サラダを食べましょう」

「乳製品はどうしよう、コーヒーのミルクでいいかなあ」

食欲を満たしながらたっぷりミーハーもする。花嫁さんは芸能関係の人なので、その方面の方が多いのだ。

「ハヤシさん、サッチーが来てるわよッ」

会う知り合いがみんな興奮して教えてくれる。

「えっ、何ですって」

「あっちの奥の方にいるわよ。やっぱり何かエラそうだよ」

料理をとりにいくふりをしてチラリと見た。テレビで見るよりも、肌がキレイでずっと美人である。私の知り合いの、高校生のお嬢さんは、

「すごい迫力。オーラがあってすごくカッコいい」

と興奮していた。子どもにあの強さ、というのは新鮮に見えるらしい。

廊下の一角に、私の女友だちのグループが陣どっている。ワインをじゃんじゃん空け、煙草も吸い放題。みんな離婚経験者か独身である。

「B子ちゃん（今夜の花嫁）は、私たちバツイチ女の希望の星よ！」

みんなかなり酔いながらも、力を込めて言う。今日の花嫁さんがよっぽど羨しかったんだろう。

「このあいだまで、沢田亜矢子サンがバツイチ女の希望の星だって言ってなかったっけ」

「シィー、本人が来てるわよ」

私をたしなめるバツイチ軍団も、そりゃ色っぽくてきれいである。みんなモテる。恋人は当然のことながらいて、みんなとても楽しい日々をおくっているのだ。

私は今の日本、いちばんパワーがあるのがバツイチ女ではないかと思っている。特に私のまわりでは、子育てをしながら忙しい仕事をしている女がとても多い。しかしおし

やれもぴしっとして、毎日がとても充実しているようだ。

けれども彼女たちは口を揃えて、

「もう一度結婚したい」

というから不思議だ。

最近私のまわりでは、男の友人も次々と離婚していく。すると彼らは小泉総理派になるのだ。

「わー、独身に戻った。二度と結婚するもんか。しないもんねー」

と快哉《かいさい》を叫ぶ男ばかりである。

これとは対照的に、女の方は何年かたつと再婚したいと口にするのである。

「だって子どもに父親がいないと、やっぱり可哀想だもの」

「何だか淋しくって。やっぱり男の人が近くにいて欲しいと思うわ」

などと言うことが弱気なのである。バツイチ女として、あれだけはつらつと生きてきた彼女たちが、何年かたつとやたら殊勝なことを言う。

彼女たちが心底羨しがり、あるいは羨望のあまり反ぱつするのが二谷友里恵さんなのである。

このあいだの友里恵さんの結婚披露宴はすごかったらしい。私はもちろん行くことはなかったが、招待された人の話によると、ペトリュスが飲み放題だったそうだ。ペトリユスというのは、このあいだの私のエッセイにも登場した、一本十万円以上のワインである。そのワインが飲み放題なんて信じられない。

「どうっていうことはないでしょう。だってダンナが億万長者ですからね」

友里恵さんは、美しく聡明な人であるが、こういう人でも結婚に失敗することもある。つらく嫌な日々が続いたことだろう。

が、彼女が羨望の的になるのは、離婚してバツイチになったとしても、彼女のまわりには賛美者がいっぱいいたことだ。妻子ありの男なんかじゃない。独身の男のしかも大金持ちが、まるで友里恵さんを女王のようにあがめている。そして彼女が離婚したとたん、「待ってました」とばかりプロポーズしてきたのだろう。彼女はその中からひとりを選んだのだ。そして一生、そのお金持ちの彼に、大切にされて暮らすのである。

「二度めが不利になるどころか、ますます有利に働く。女王さまでいられる。こういう再婚が夢よね」

うーん、夢のような話だ。こういうおとぎ話は庶民レベルの女には起こらない、と断言しよう。私もみんなも淋しい女の人生さ。

八百回記念

「週刊文春」連載八百回記念の、私のグラビア写真、見ていただけたでしょうか。毎週書いているとして、一年間は52週となる。８００を52で割ると、えーと、15とちょっと余る。つまり十五年以上連載したということだ。

「いや、もうちょっと長いはずですよ」

と担当編集者だったA氏が言う。

「ほら、ハヤシさん、『不機嫌な果実』を連載していた時に、エッセイの方をお休みしていたでしょう。あれも読者の意識の中じゃ続いているはずですから」

なるほど、あの半年を入れると十七年間続いたことになるのか。

皆さん、もうお忘れでしょうが、「今夜も思い出し笑い」の前のシリーズは、今のように二ページではなく一ページであった。私はエッセイ集を一冊出しただけで、なんていおうか、まだ海のものとも山のものともわからない状態。そういうおネエちゃんに連載ページを持たせてくれたのだから「週刊文春」も太っ腹である。

前シリーズも含めて十八年間いろんなことがあった。歴代の担当編集者の顔触れを見て、私は感無量である。皆さん、よくしてくださいました。

気心がわかり合える前に、あっという間に転属になった担当編集者もいる。そうかと思えば五年間もつき合ってもらった人もいる。マッチことN氏がそうだ。彼が担当編集者だった時に、私は結婚することになった。その時のマスコミ対応を、すべて彼がやってくれたのだ。

今でもまわりの人たちがしみじみと言う。

「あの時マッチが頑張ってくれなかったら、あなた、結婚出来なかったかもね」

芸能人でない私なのに、どうしてあんな騒ぎになったのかよくわからない。結婚式当日には、たくさんのワイドショーや週刊誌の記者、カメラマンがやってきたのだ。

もし芸能人の結婚式だったら、こういうことはプロダクションが一手に引受けてくれるはずである。マスコミの対応もプロダクションがなめらかにやってくれる。

ところが私ときたら、秘書がひとりいるだけで、仕切る能力などまるでないのだ。シロウトの個人が、どうして百人近いマスコミ陣をさばくことが出来るだろう。

ところがマッチは、マスコミの窓口になってくれたばかりでなく、コツコツとすべてのことをやってくれた。たとえば教会の前が混乱するだろうと、地元の警察に挨拶に行ってくれたりしたのだ。おかげで警察の方が何人か整理に来てくださったと記憶している。

「本当にありがとうね、マッチ」

と私はつぶやいた。

そして目を移す、グラビアの中で、後方に立っているB氏と、私はイタリア旅行に出かけたことがある。まだ日本がバブルの頃で、エッセイのネタになるならばと、イタリアに行かせていただいたのだ。

まだ私は若く、人生に対して野心を持っていた頃である。ミラノのブティックで、真珠色をしたシルクのそれはそれは美しいスリップを買った。

「えー、こんな値段するんですか!?」

と驚くB氏。

「どうしてハヤシさん、八万円もする下着を買うんですか。そんなのヘンですよ、間違ってますよ」

フンと、私は、言ってはいけないことを口走ってしまった。

「あなたみたいにさー、スーパーの下着を着てる女しか抱けない男に、そんなこと言われたくないわよ」

「どうせ、うちの妻はスーパーで買った下着着てますッ」

と本気で怒ったB氏である。あれから十年、私は今や通販でババシャツを買う身となった。私はそっとつぶやく。

「Bさん、ありがとう」

さてそんな折も折、この連載エッセイの文庫のゲラが届けられた。この「今夜も思い出し笑い」は、一年に一冊のペースで出版され、そして三年後に文庫化される。ということは、今赤エンピツを入れている「今夜も思い出し笑い」の内容は、三年前のものだということだ。まるで昔の日記を読んでいる感覚で、私はページをめくった。

そしてへえーと、声をあげる。夫と私との仲がとてもよいのだ。暮れになると二人で、ガラス戸の中とグラス類をピカピカに磨きたてている。夫婦喧嘩をしている様子もない。夫はかなり私に優しかったと思い出した。

そしてこんな文章もある。猫に関してだ。毎晩枕元に二匹の猫が寝ているのである。寝息もたてている。それを聞きながら眠る幸せを私は書いている。あの頃は夫もそれなりに可愛がっていたはずだ。ところが今は、いつもガミガミと猫のことを叱ってばかりいる。すごい見幕《けんまく》でだ。

「オシッコを玄関にひっかけた」

「テーブルの上に乗った」

そして最後は、

「君の躾《しつけ》が悪い」

という小言になるのである。

今日私は、冬の夜寒いだろうと、猫のためのクッションを買ってきた。カマクラ式で豹柄《ひょうがら》である。これを見て夫が激怒した。

「ソファも椅子も猫に支配されているじゃないか。うち中毛だらけだ。こんな奴らに、どうして寝るところを用意しなきゃいけないんだ。いい加減にしろ。クッション必ず捨ててくれよな」

ミズオを膝にのせ、ゴロゴロ喉が鳴るまでさすっていた夫とは、まるで別人のようである……などと、私はつくづく歳月の速さと、人の心の変わりように嘆息したのだ。

ところで今週の月曜、ハタケヤマ嬢がニコニコしながら言った。

「とてもハヤシさんの喜ぶ話ですよ。昨日サウナへ行ったら、おばさんがあのグラビア眺めている最中でした。『ハヤシマリコも、ここまで整形することないのに』ですって」

ね、嬉しい話でしょうとハタケヤマは笑った。

ありがとう。これはハタケヤマ嬢からの、八百回記念のお祝いということにしておくね。

ひとり食べ

年をとってよかったナ、と思うことのひとつに、食べもの屋にひとりで入れるようになったことがある。

自意識過剰で、エエかっこしいの私は、つい最近までひとりで食事をすることが苦手だった。ひとりで店に入るぐらいならば、テイクアウトのものを買ってきて家で食べたぐらいである。おまけに商売屋に生まれた者の常として、お店に非常に遠慮するタチだ。お昼どきを避けて入るようにしているのだが、四人掛けの席に通され、店が急に混んでくる時がある、そんな時、食べ物が喉を通らない。食べかけでそそくさと席を立つようなことをしているうちに、ひとりで食べることが大嫌いになった。

やむにやまれず入ったとしても、サンドイッチハウスのようなところである。それも本を読みながら、つまらなそうにつまんでいたっけ。

ところがこの一、二年、

「人間、食べなきゃ仕方ないんだから」

と居直るようになった。これは引越ししたことも大いに関係している。原宿に住んでいる時は、わずかな時間でもすぐに帰ることが出来た。けれどもやや郊外に居を移してからは、いったん家を出ると夕方まで帰らないことになる。以前のように食べ物を買って、ちょっと家へ寄るということが不可能なのだ。

それでも往生《おうじょう》ぎわ悪く、友人を呼び出したこともある。特に私がよく行く青山付近は、友人の何人かがオフィスを構えているところだ。しかしお昼どきに電話をかけてつかまったためしがない。忙しい人をわずらわせるよりも、ひとりで雄々しくご飯を食べようと思うようになったのはごく自然のことである。

今日は朝から外に出る用事があり、終わったのが十時四十分であった。とてもよい時間だ。今から十一時開店のお店に入れば、ランチタイムの始まるまでにゆっくりと食事をとれるからである。私は青山のトンカツ屋さんへ急いだ。ここの黒豚ロースカツは私の大好物なのである。

入っていくと、案の定まだ空《す》いていて、

「よかったらテーブルの方へ」

と言ってくれる。けれども私はあえてカウンター席に座った。こちらの方が「ひとり食べ」の王道という感じである。人気の店なので、カウンター席も人で埋まってきた。タクシーの運転手さんや、近所のおばさんといった人たちが、ひとりで食べにやってくるのだ。

揚げたてのトンカツに、とん汁をつけてもらう。カウンターだから、お客さんが次々と入ってきても気を遣う必要がない。ゆっくりとおいしいものを食べる幸せ……。

カウンターの向こう側のおばさんが話しかけてくる。

「このあいだ、『SMAP《スマ》×SMAP《スマ》』に出てたでしょう」

「ええ、まあ……」

「私もキムタクのファンなのよ。ねえ、やっぱりいい男だった」

「そりゃ、もう。でも緊張してたからよく見なかった」

たまに行く私のことなど、憶えているはずはないと思っていたのだが、ここの店の人はみんなニコニコして挨拶してくれる。店を出たら、駐車場を仕切っているおじさんにも、大きな声で言われた。

「いつもどうも！」

女の身でトンカツ屋さんに、いつもどうも、と言われるのもちょっと恥ずかしいかも。

さておといのことである。六本木で食事の約束があったのであるが、なんと一時間半も余ってしまった。こういう時、私は途方にくれる。ちょっと前までは本さえあればよかった。文庫本でも一冊バッグに放り込んでおけば、何時間でも時間をつぶすことが出来た。が、今はどうしたらいいんだ。街中から喫茶店が消えているのである。

　たかだか六百円か七百円で、一時間ねばられる効率の悪いものは、どんどん消えていっているのだ。たまに残った店があっても、照明をうんと明るくして落ち着かないようにしている。六本木でまともな喫茶店に入ろうと思ったら、うんと歩いて「クローバー」まで行かなくてはいけないのかしらん。

　そのうち私は「スターバックス」の看板を見つけた。ここの椅子もイマイチだけれども、コーヒーはおいしいし、ちょっとぐらい長居出来るかも。

　私は下でコーヒーをカップに入れてもらい、階段を上がった。そして息を呑んだ。そこにいたのは、まさしく「六本木難民」の群だったのである。空席はひとつもない。ぎっしりだ。本を読んでいる人たちもいるし、パソコンに向かっている人たちもいる。長時間いるのがわかるだれた空気。

　みんなこの街で喫茶店を見つけようとし、そしてかなわずここに流れてきた人たちなんだ。私はコーヒーを持って、再び階下へ行った。ここに四つほどテーブルがあるからだ。本を拡げる。隣りのテーブルでは、白人の女の人と、若い女の子たちがお喋りをしている。どうやら時間制の英語レッスンを受けているらしい。私は四十分ほどそこにいたが、どうにも落ち着かず席をたった。しばらく六本木の街を歩くつもりであった。

が、六本木は私の知っているかつての六本木ではなかった。十五年以上前、東麻布に住んでいた私は、毎日ここを通っていたものだ。食事をするところ、お酒を飲む店も何軒かあった。まだまだしっとりとした大人の街の趣《おもむき》を保っていたのに、この騒々しさと下品さはどうだろう。二メートルおきに、客引きの女性と、ビラくばりの外国人男性がいる。かなりしつこくつきまとわれた。女ひとりの身を、いったいどんな店に連れ込もうとしているんだ。

「どいてよ、どいてー。しつこいわよー」

と声を荒らげ、ずんずん進んでいく私。

年をとるのも、そうイヤなことばかりじゃない。どんなところにも行けるし、どんなところにもひとりでいることが出来る、が、ひとりでは絶対行けないところがある。そお、ホストクラブだ。私はまだあそこに行ったことがない。一度連れてってと、編集者を通じて中村うさぎさんにお願いしたところ、

「ハヤシさんなら、やっぱりドンペリ一本入れてもらわないと」

一本三十五万円だと！　これならひとりで飲んだ方がずっといい。私は男の人にお金を遣わない主義だ。

コタツ

ぐっすり眠っていたら、突然夫に起こされた。

「ねえ、すごいよ、すごいよ」

やたら興奮している。

「獅子座流星群がうちから見えるんだよ。すっごく綺麗だから見てごらん」

そういえばニュースで、やたら流星群のことを言っていたが、どうせ東京から見えるはずもないとタカをくくっていたし、それほどの興味もなかった。

しかし少年のように頰を紅潮させている夫につられて、ベランダに出る。毛布を膝にかけ、熱いコーヒーを入れたマグを手に、ずうっと空を眺《なが》めた。

しばらくして、隣家の屋根の上方を火の玉のようなものが走っていく。

「あ、すごい。綺麗だよね。よく見えるよね」

そのたびに小さな歓声をあげる夫である。久しぶりに二人仲よく空を眺めていたら、いろんな思いがこみあげてきた。

日本で次に獅子座流星群が見られるのは、今から三十三年後だという。私はたぶん生きていると思うが、五つ年上の夫はどうかしらん……。

三十三年後の夜、未亡人となっているか、あるいは再婚している私はこの夜のことを思い出すであろう。

「そういえば、昔あの人と星空を眺めたっけ……。今思うと、結構いい人だったかもしれない……」

そんなことを考えると、なんだかセンチな気持ちになってくる私。星空というのは本当に不思議で、じっと目を凝らしていると、いつもとは全く違う心持ちになってくる。柄にもなく、私は地球というもの、人はなぜ生きていくのだろうかということに思いをはせた。

嫌なことは山のようにあり、悩むことも多い毎日だ。けれども私たちの生なんて、星を基準とすれば、ほんのまばたきみたいなものなんだろうなあ。それでもやっぱり人間は幸福に生きなければ、生まれてきた価値はない。

私はあったかい毛布をかけて星を見ているけれども、この地球には毛布一枚持っていない人がなんと多いことか。今度の戦争で、難民となり砂漠をさまよう人は、どれほどつらい日々を過ごしているのだろう。同じ地球の住人として、どうしてこれほど差が出たのだろうか。

そんなことをいろいろ考えた次の日、私はハタケヤマ嬢に言った。

「これから私、少し考え方をあらためるわ。うちらの業界も構造不況で、明日はどうなるかわからない。節約を心がけて、贅沢な食事はしない。洋服は買わない。それから少しずつでも寄付をしようと思うの」

彼女は、ふんという感じで聞いていたが、私にこう言った。

「ハヤシさん、そういえば昨日倉庫会社から来たものの中に、ヘンなものが入ってましたよ。まだダンボールを開けていない家具調コタツと、コタツ布団です」

今まで狭いマンション暮らしだったため、出版した本の初版が出ると、そのうち三冊を倉庫会社に預けていた。けれども今回もう一度整理し直そうということで家に戻すことにしたのである。

荷物の中を見ると、彼女が言った家具調コタツは確かにあった。なんと十五年前に通販で買ったものである。買ったもののとても狭いマンションに設置することは出来ず、そのまま倉庫会社に預けっぱなしにしていたらしい。私はなんと十五年間、たかだか三万円のコタツに、毎月保管料を払っていたことになる。なんたる無駄であろうか。こういうことばかりしているから、お金が無いはずである。

「ハヤシさん、このコタツどうするんですか。カサ高くって置き場所に困りますよ」

「うちもコタツを置くような部屋はないし、あなたのうち、いらないかしら」

「うちもいりません」

「それなら、教会のバザーに出そうよ」

「あれは半年に一度ですから、次は六月頃じゃないですか」

「そうかあ、六月にコタツを出してもなあ〜」

そんなやりとりの後、駅までの道を歩いていると、電信柱に貼ったポスターに目がとまった。

「アフガニスタンの子どもたちのために」

と書いてあり、バザーに出すものを寄付して欲しいとある。可愛らしいイラストの女の人が、にっこり笑っているポスターも手づくりでいい感じ。

「すぐに取りにうかがいます」

というのもグッドタイミングではないか。私は電信柱の前に立ち、ケイタイを取り出した。

ポスターに書いてある連絡先の番号を押した。若くない女の人の声がした。

「もし、もし、二丁目に住んでいるトーゴーと申しますけど、コタツを取りにきていただけますか」

「ハア、コタツですか」

あんまり嬉しそうじゃない。

「でも新品のコタツです。まだダンボールも開けてません。敷き布団も、掛け布団もついてます」

「それならば、今から取りにうかがいます……」

私はそのまま駅に向かったのであるが、後にハタケヤマ嬢が言うには、かなりのお年の女性が二人いらしたという。

「台車でお持ちになろうとしたんで、大丈夫ですかって聞いたら、平気ですって、なんとか運んでましたよ。こんな大きいとは思わなかった。まあ、立派なコタツって喜んでいらっしゃいました」

私はそれを聞いて、胸の奥がほかほかとあったかくなったのである。私のコタツを喜んでくれたというのが嬉しかったし、誰かが買ってくれるというのも嬉しい。何千円かわからないけれども、そのお金が何かの役に立つというのも嬉しい。

私のだらしなさから、全く陽の目を見ることのなかったコタツである。しかも保管料を長年にわたって払い続けるという、バチあたりのことをしていた。今度のことは、生活をあらためればもっとすっきりと生きていくことが出来るよ。ここいらあたりで、もっと身のまわりを見直せという、大きな力が働いているのではなかろうか。それよりも単純な私は、始めたばかりのリサイクルということにちょっと酔っているようである。

ま、年末と年始は、いつも少々殊勝な心持ちになる私であるが……。

メトロ大好き

三十円分残っていたメトロカードに、新しいカードを足して切符を買う。こうして使い切ったカードを「不用カード入れ」に置いて、清々《すがすが》しい気分で歩き出す。これは都市に住む者のささやかな幸福ではないだろうか。

ほとんど毎日地下鉄を使う私は、五千円のメトロカードを二枚ずつ買うのであるが、三カ月ぐらいで使い切ってしまう。東京は南北線、大江戸線が出来て、たいていのところは地下鉄で行けるようになった。

私は駅で売っている大きなメトロ地図を壁に貼っているので、初めての場所へ行く時は、どの路線を使うか、どこの駅で降りるかをまず確認することにしている。

いろいろなところで乗り換えたりしているうちに、私は地下鉄にかなりはっきりとした個性があることを発見した。千代田線は、すっきりとした都会派の若者といったところか。表参道、乃木坂、赤坂としゃれたところを走るこの路線は、清潔なうえにそう混むことがない。もっとも私が混雑する時間を避けていることもあるのだが、他の路線に比べると、やはり空いている。私はこの千代田線が大好きで、住むならば千代田線沿線と決めていた。願いがかなって、今、千代田線は私のメインメトロになっている。表参道で乗り換えると、まずほとんどのところへ行けるのだ。乗客も流行の格好をした若い人が多い。

それにひきかえ、銀座線は上品なおばさま。「三越前」といった駅の名をすぐに思い出す。ここは老舗の貫禄で、都心の真中を走ってくれるのはいいのだが、車輛がやや古いのと、いつ乗っても混んでいるのが難点だ。

日比谷線は秀才のお坊ちゃま。「霞ケ関」から官僚とおぼしき男性が乗ってくる。反面、人気の下町スポットへ直結しているので、乗りこなせると便利かもしれない。

東西線は「大手町」のイメージが強くて、中年のおじさんという感じ。ちょっと田舎っぽい雰囲気があると思うのは偏見かしらん……。

さて、こうした地下鉄に比べ、山手線は私にとって本当に縁がない存在だ。なぜなら出来るだけ乗らないようにしているからである。

乗ってくる人の数もすごいし、駅も巨大だ。昼でもどどーっと人がやってきて、どどーっと動いていく。あの数に圧倒されることもあるが、いろいろな人が乗ってくることもコワイ。からまれたり、へんに話しかけられたりという経験は、私の場合、地下鉄でなく山手線の中で起こっているのだ。

　私はよく上野の文化会館へ行く。山手線で行くと、公園口で降りて目の前にあるが、私は少々歩いても地下鉄を利用して行くことにしている。

　つい先日のこと、オペラの公演を観ようと劇場へ行く道を歩いていった。雨の日だったので傘をさしていた私の肩を、ぽんぽんと叩く人がいた。振り向くと、サラリーマン風の三十代の男がそこにいた。知っている人かなあと、私は立ち止まってその人の顔を眺めた。

「ねえーどこ行くの」

「上野の文化会館へ行くんですけど」

　ところが、そのとたん男の人は〝まわれ右〟をして坂を下りていってしまったのである。

　これはどういうことか。あっけにとられ、しばらく考えてやっとわかった。男は、傘をさして歩いている私の後ろ姿を見て、ナンパしようとした。ちなみにその夜の私の格好は、真赤なスーツである。誤解した彼は肩を叩いて振り向かせた。ところが、若いと思っていた女は、オバさんだったのですぐに踵《きびす》を返したということである。

「人の肩を叩いといて、振り向いたら〝結構です〟って失礼だと思わない。振り向かせたらちゃんと責任とって欲しいわよッ」

友人に言ったら、みんなお腹をかかえて笑う。つまり何を言いたいかというと、私がこの無礼な仕打ちにあったのは、急いでいたので上野へ行くのに地下鉄ではなく、山手線を使った時だということである。直接の関係はないというものの、山手線には本当にいい思い出がない。

そこへいくと、地下鉄は本当に好き。私ぐらい地下鉄を愛している人はいないのではないだろうかと思うぐらいだ。

どこでどう乗り換えれば早く着けるかと、あれこれ考えるのはゲームのようで楽しい。最近私はどこへ行くのも、とにかく地下鉄に乗るというのをモットーにしているのだ。

たとえば、私のよく行く店が麻布十番のはずれにある。ここへ行くには、うちから地下鉄で「国会議事堂前」まで千代田線で行き、歩いて「溜池山王」駅へ行き、そこで南北線に乗り換えるというかなりめんどうな手順になるが、千代田線で「乃木坂」へ行き、そこからタクシーに乗れば、ワンメーターで麻布十番に着けるのである。

最初からタクシーを使うことはない。地下鉄は何という便利さであろうか。

階段が多いのも気に入っている。運動不足の私にとって、足腰を鍛える本当にいいチャンスだと思いけなげに歩く。

あのハタケヤマ嬢でさえ、

「ハヤシさんって、本当によく歩きますよねー」

と感心するぐらいである。

こういう私が、地図を持って初めての店を探すのが嫌いなわけがない。会食の予定がたつと、みんなファックスで地図を送ってくれる。これを片手に、地下鉄と徒歩で向かうのは、まるで宝探しをしているようで楽しいったらありゃしない。

もっともひと昔前の「カフェバー地図」のように、線と丸だけのしゃれたものはお手上げであるが、ちゃんとした地図ならどこでも行く自信がある。

先週、食い道楽の友人から、フグの誘いを受けた。場所はうんと遠い下町だ。こういう時私はとても張り切る。早めに家を出て地下鉄に乗る。地下鉄は出るところを間違えると大変なことになるので、地上に行く前に地図をよく見る。そして歩く。店がほとんどない暗い夜道だ。間違えたかな、引き返そうかな、と思った時に目印の建物が見えた喜び。

「歩いて、探してきた」

と言うとみんなが誉めてくれる。

夜の帰りは、百パーセントタクシーになるのは内緒にしている。

この一週間

雅子さまのお子さんが、女の子でよかったと心から思う。

もし男の子だったとしたら、これほど素直に喜べなかったような気がする。入院なさる時、車の中から手をふって、にっこりしていらした。本当に花のような笑顔であった。あれは「国家プロジェクト」を達成出来そうな皇太子妃の笑顔ではなく、単純にお母さまになられる喜びの笑顔だったと思うと心があったかくなってくる。

今、女帝論が盛んであるが、これはかなり失礼なことではなかろうか。雅子さまはまだ三十代なのである。長く子どもに恵まれない方も、いったん出来ると、次にすぐ妊娠するというのはよく聞く話である。次に男のお子さんが誕生される可能性は大いにあるわけで、もう少し見守ってからでも遅くないだろう。

今の女帝論議は、もう雅子さまが「これっきり」と言っているようで、私はちょっと嫌な気分になっているのだ。

ところでこの一週間、日本人、いや日本女性にとってかなり熱い日々だったのではなかろうか。

流産というつらい経験もなさったけれど、美しくて聡明なお妃《きさき》さまに、玉のようなお子さんが授かった。

そして強欲で意地の悪いおばさんは、ついに逮捕されることになった。このわかりやすい勧善懲悪といったらどうだろう。おばさんの天敵、浅香光代さんは、

「天網恢恢疎《てんもうかいかいそ》にして漏《も》らさず」

という言葉を口にし、それを筆で書いてまで見せた。どこかで目にした言葉だと思ったら、向田邦子さんのエッセイで読んだことがある。向田さんはユーモラスに使っていたと思うが、浅香さんが使うとおどろおどろしさが出てくる。

なんかすごい言葉だ。

天網カイカイかあ……。本当にそうかしらん……。

そんなことよりも、私が最近つくづく思うのは、

「言ったもん勝ち」

ということである。世界的何とか、世界に羽ばたく、世界的知名度を持つ、なんていう肩書きをひっさげてくる人が多いが、本人が言っているうちに、すっかりそれらしく

なるから不思議である。まわりの人が誰か「世界」に行って確かめてくるわけではない。言った方が絶対に得なのである。

私の尊敬する年上の友人に、三枝成彰さんがいる。この人は、どんな人でも受け入れ、どんな人でも面白がる、日本人にしては珍しい性格の人だ。三枝さんを慕う人は多く、三枝さんがひと声かけると、たちまち文化人の団体が出来たぐらいである。

この方は人の悪口を絶対に言わない人で、あの騒動の最中も、サッチーと結構親しかった。当時私たちがやっていた勉強会があったのだが、そこへサッチーを連れてきたこともあるそうだ。そうだ、というのは、私は当日休んでいたからである。

「彼女を庇《かば》うつもりはまるでないけれど……」

と三枝さんは言ったものだ。

「サッチーが経歴詐称っていうのならば、テレビに出ている人の四分の三は経歴詐称じゃないか」

ちょっと怒っていた。出てもいない学校のことを吹聴《ふいちょう》したり、名門の出だと言い張る人もいる。そういうことをマスコミは信じて、あるいは信じているふりをして、テレビの画面に送り込む。だからサッチーばかり責めてはいけないということらしい。

そういえば叶姉妹というのも、気づいたらすっかり認知されているではないか（といってもイロものとしてであるが）。経歴もまるっきり出鱈目の、顔も体もかなり直しているらしい二人を日本の男の人は大好きだ。嘘とわかっていても信じているふりをする、ということが出来るほど、日本人は余裕が出てきたのだろうか。

これはかなり自慢であるが、彼女たちのことをデビューの雑誌以外の場所で書いたのは、私が初めてだ。三年ちかく前この連載で私が叶姉妹のことを書き、それがきっかけで「週刊文春」が『日本一ゴージャス』叶姉妹の嘘っぱち」という特集を組んで、いっきに彼女たちは全国区になったのである。

「そうですよね、叶姉妹のデビューを半年早くしてあげたのはハヤシさんですよね」

と言うのは、私が親しくしている女性誌の編集長である。彼が私に叶姉妹の存在を教えてくれたのだ。

「最近ヒルトン姉妹っていうのが出てきて、すっごく笑えるよ。ぜひ見てください」

という電話の後、雑誌が届けられた。中を拡げると、〝アメリカの叶姉妹〟のグラビアがあった。なんでもアメリカの名門の一族で、彼女たちが行くパーティーでは今いちばん人気のあるセレブということらしい。カメラマンの集中フラッシュを浴びるところもそっくり。

「でもこのキャプションの書き方、かなりおちょくってますよね」

と彼は言うが、おそらく彼女たちの本格的上陸は近いだろう……。

今週はとりとめのない文章になってしまったが、とにかく新宮さまお誕生という明るいニュースを聞けてよかった、よかった。

けれどもどこの局も特番のニュース番組は、軒なみ視聴率が悪かったようだ。お誕生を知らせるNHKニュースもたいしたことがなく、いちばんいい視聴率をとったのが、テレビ東京のグルメ番組というのが驚くではないか。

みんな新宮さまのお誕生の事実は祝福しながらも、それを報じるテレビはあまり見ないのである。おそらくどこも同じような映像が流れ、ゲストのタレントなんかが、全くまわらぬ敬語を必死で駆使しようとしているさまが、白々しかったのだろう。こんなことを言っては失礼だが、サッチーの逮捕の方がずっと視聴率はいいはずだ。それってすごくわかるよなあ……。非のうちどころのない人の話より、欠点だらけの奇矯な人の話の方がずっとみんなが聞きたいことなんだ。慣れない敬語を使うより、ワイドショーの人たちがずっといきいきとしていた。

お芝居のあとで

やはり半年のブランクは長かった……。

クリスマスのディナーショーに向けて、声楽のレッスンを開始している私。けれども高音部がまるで出ないのだ。

今度私が歌うのは、「メリー・ウイドゥ」の中の有名なワルツである。歌うところもほんのちょっぴりにしてもらっている。それだけに失敗は許されない。「六本木男声合唱団」の人たちが、練習に練習を積んで、ものすごくうまくなっているのに、私が足をひっぱるようなことは出来ないのである。

私は最近毎日、必死で発声練習をしている。けれども出てくるのは、文字どおり「鳥が絞め殺される直前」のような声なのである。

そして、本番に弱い私は、舞台に立つとますます緊張することであろう。緊張は喉に出る。鳥の絞め殺される声は、まさに断末魔《だんまつま》の様相を帯びるはずだ。

「おい、恥をかかせるなよな」

六本木男声合唱団のメンバーで、後ろで歌うことになっている夫が言う。

「仕事なんかいいから、もっと練習しなさい」

といっても、時は年末進行のさなかである。頭も体もしっちゃかめっちゃか。ああ、声が出ない。舞台が怖い……。

そんなわけで舞台に立つ人を本当にすごいと思い、限りない尊敬と憧れを抱く私であるが、落語には全く興味がなかった。寄席というところにも行ったことがない。が、いずれは見たい、聴きたいと思っていた私にとって、志ん朝さんの死は非常に残念である。追悼する人々が、彼の芸がいかに素晴らしかったか語っている。完璧な江戸弁を語ることが出来た人だ、すごい色気のある語りだったという。

が、私にはそれを聴くチャンスが二度とない。

この頃劇場へ行き、舞台を目の前にするたびに「生《せい》」ということを考える。言ってみれば舞台ほど、「生《せい》の喜び」を味わわせてくれるところはないのではないだろうか。

映画だったら、五十年後でも観ることが出来る。小説や絵画も、別にリアルタイムでなくてもいい。けれども舞台で演じられるものを楽しむためには、同世代に生きていること、というのが最低条件になる。

　このあいだ歌右衛門さんが亡くなったが、私は滑り込みセーフで見た世代ということになる。杉村春子さんの最晩年の舞台「晩菊」も私は観ることが出来た。けれども志ん朝さんとは会えずじまいであった。あまりにも早く、あちらに死がやってきたのだ。こういう私も、いつ何が起こるかわからない。

　舞台という同じ空間を共に生きるためには、あちらも生き、こちらも生きていなくてはならないのである。「一期一会《いちごいちえ》」という言葉があるけれども、さまざまな偶然と幸運が重なり、同じ場所の空気を吸っている演者と観客、考えてみると不思議な縁である。

　昨日のこと鬼才蜷川幸雄さん演出の「四谷怪談」を観に行った。ものすごい人気で、切符がなかなか手に入らなかったのであるが、友人が工面してくれたのである。

　席に座って驚いた。数々の実験的なことをしているシアターコクーンであるが、今回はなんと江戸時代のようなまわり舞台をつくっている。その下でふんどしひとつの若者たちが、黙々とせりをまわしているのだ。まるで昔の奴隷船のような光景である。

　が、最初はやや退屈で、日々の疲れがたまっている私は睡魔に何度も襲われそうになる。ちなみに劇場の客席で居眠りするのは、本当に気持ちよい。このあいだ歌舞伎俳優さんと対談したところ、

「どうぞ眠ってくださって結構なんですよ。お芝居ってそういうもんですから」

と有難い言葉をいただいた。

もちろんイビキをかいたり、俳優さんから見えるような前の席で眠るのはマナー違反だが、後ろの席でこっそり船をこぐのは、もう極楽、極楽。

この四谷怪談は南北作であるが、若い俳優さんたちが七五調のセリフをほとんど咀嚼《そしやく》出来ていないのだ（ちょっとオ、ヒロスエ、もうちょっと頑張って）。本人もよくわからず早口で喋るから、見ている人がわかるはずがない。傍の私の友人もこっくりこっくりし始めた。

が、主演の竹中直人さんと藤真利子さんが出てくると、お芝居はまるっきり違ったものになってくる。伊右衛門とお岩さんの緊迫したシーンに、畳みかけるような七五調のセリフが、凄味を増していく。本当に怖い。怖いけれどもエロティックなのである。

私は観ていて、

「あ、これは『嵐が丘』なんだ」

と思った。

ヒースクリフは叫ぶ。

「キャサリン、幽霊になって俺のことを愛せ」

伊右衛門は、サドをやりながらもお岩のことを愛しているのである。どうしようもないぐらい愛していて、自分の人生を動かされそうになるから、お岩に対して悪の限りを尽くす。死まで至らなければ完結しない情熱。

そして伊右衛門のことを、狂気に近いほど愛しているのもお岩である。彼女も自分の情熱を支えるには、霊となるしかなかったのである。

「初めてわかったけど、『四谷怪談』っていうのは、すんごいラブストーリーだったんだね」

楽屋で藤真利子さんに言ったところ、

「そんな見方もあるのねえ」

と面白がられた。友人だから言うわけではないが、彼女は演技力に加え南北のセリフを完全に理解していた。この役を演《や》るにあたり、個人的に大学の先生についてテキストを勉強したそうだ。さすが作家の娘で、言葉を大切にする人である。

一幕目が終わり、ひょいと横を見たら、俵万智ちゃんが座っているではないか。演劇好きの彼女は、よくひとりで来ているのだ。食事に誘い、私の友人と共に居酒屋に出かけた。みなで最近観たお芝居の話をする。実に楽しい。こういう楽しみを持てるのも、他の二人と同じ時に生きているからである。同時多発テロがあってから、私はいつもこういう気持ちを噛みしめている。声はまだ出ない。

フグ年

「フグ年」というのがある。

私が名づけた。フグを何度も食べられる年だ。

これはご馳走してもらう機会が多いという、偶発性といおうか、運によるところも大きいが、自分がどれほど食べたくなるかという意志によるものも大きい。

今年はフグをつくづくおいしいと思い、出来るだけ食べてみたいと熱望するようになった。えらい人におごっていただくこともあるけれども、たいていは自分のお金で食べる。友人みんなで割りカンで食べることも多い。

私はこの何年間、冬になるとフグを食べ続けた。評判の店、おいしくてリーズナブルな店というところにも通った結果、私は、

「お鮨とフグは、値段に正比例する！」

という怖ろしい結論に達したのである。

特に私がベスト1と思う店がある。フグ刺のうまさと美しさ、白子、唐揚げといったオプションの完成度からして、ここがいちばんと思わざるを得ない。しかしお値段がかなりする。カウンターと小座敷の、ふつうの割烹《かっぽう》風の店構えなのだが、コースで五万円という料金だ。しかもキャッシュしか受け取らない。

私が「フグ年」というのは、こういうところにあって、

「たかだかフグに五万円、二人で行って十万円を払うのなんか馬鹿馬鹿しい。フグなんか食べなきゃすむもん」

と思う年もあり、反対に、

「借金しようと、ローンを滞らせようと、とにかくあそこのフグを食べたい」

と激しく願う年もある。今年は後者のパターンとなったのである。

仲のいい編集者から電話があり、たまにはごはんを一緒に食べようということになった。

「どうせだから、ハヤシさんの好きなとこへ行こうよ」

「私、フグがいいなあ。それもあそこのフグよ」

と言ったとたん、私は反省し気がとがめた。この出版不況の折、出版社はどこも経費節約に苦労している。

「今日び、出版社に対して、十万円のものをおごれ、っていうのはやっぱり、道義的に許されないような気がするの」

「あたり前だ」

「だから割りカンで食べて、領収書をそれぞれ貰いましょうよ」

フグの店で待ち合わせをした。ちなみにその編集者というのは、俳優なみのハンサムである。二人で店に入っていくと、カウンター中の客がぴたっと視線をこちらの方に向けた。

「お、ハヤシマリコも、いい男連れてるじゃん」

という風に私の方を見たのだ。ふ、ふ、いい気分。やはりたとえ仕事上のつき合いといっても、いい男といいなくっちゃね。私の評判に傷がつくわ……。

私は美女がよくやるように、優雅にカウンターの中のご主人に会釈し、奥の小座敷へと進んだ。

「あのさ、きっとあの人たち、私のこと噂してると思うの。明日、奥さんに言うわ。ハヤシマリコが、いい男とフグ食べてた。あの二人、きっとデキてるぞって……。ふふ、私、困っちゃうわ」

「そんなこと、誰も考えないと思うけどな」

「いいえ、世間はもっと詮索好きです」

ところが食べ終わる頃、おかみさんはカウンターに向かって、大きな声で叫んだのである。

「領収書二枚。一枚はハヤシさん、一枚は〇〇〇〇（某出版社の名）さあん」

私はとてもみじめな気分になった。

さて、私のフグ好きはますます進んで、今年は臼杵《うすき》まで出かけてみた。由布院《ゆふいん》へ行くことを手紙で告げたら、

「それならぜひ、臼杵まで足を伸ばしてください」

と、知り合いから連絡をもらったのだ。

由布院から車で一時間半、臼杵は歴史のある港町である。古い町並が続く通りを歩いた。臼杵は下関と並ぶフグの産地で、高級なトラフグが水揚げされる。しかも素晴らしいことに、大分はフグの肝が堂々と食べられる唯一のところなのだ。

「堂々、というよりも黙認、という感じかな」

と案内してくれた人が言う。

「あんまり大っぴらにされるのは困るみたいだから、ハヤシさんも絶対に書かないでね」

しかし、あの丸ごと出された肝のことを、どうして忘れることが出来ようか。青磁の大皿に盛られたフグ刺は清楚で美しく、ひと切れひと切れ、肝に巻いて食べていくのが

「臼杵風」ということだ。味もさることながらボリュームもたっぷりで、私はまた近いうちに行こうと思っている。るぐらいだ。

そして私のこうした「フグの日」と比べ、サラリーマンの夫は可哀想な日々をおくっている。先日九州に出張した折、電話をくれた。受話器の向こうの声がはずんでいる。

「これから今年初めてのフグを食べるんだ。二千九百円でコースを食べられるんだよ」

私は非常に気がとがめた。夫が二千九百円のフグで喜んでいるというのに、妻は五万円のフグを食べているのだ。

私は夫に言った。

「今年、二人の忘年会っていうことでフグを食べようよ。一年に一回ぐらい、私がおごってあげるよ」

そして今日あの店でフグを食べた。しかし夫と食べるフグというのは、どうしてこんなにおいしくないんだろう。

フグを食べる時、私はいつも緊張している。みんなで食べる大皿の端を少しずつ壊しながら、自分の量を目算《もくさん》でとっていく。人間の品位が問われる行為だ。すごく気を遣う。

一時期私の食べ方は、

「フグのメリーゴーランド喰い」

と非難されていたからである。けれども夫とふたりきりだと、この緊張感がまるでなくなる。夫の皿のものにもすぐ箸をのばす。これ、もらうよと、いちばんおいしい皮のところを食べる。だらだらとひれ酒を飲み、リラックスして膝を伸ばす。するとフグがあまりおいしくなくなってきたのだ。教訓。

「夫婦でフグを食べるもんじゃない」

丸ごと林真理子

正月の寿命がどんどん短くなっている。

私が子どもの頃は、一月中に会った人ならば必ず、あけましておめでとうございます、と言ったものだ。けれども今は、五日か六日に会っても、みんなどうということもない普段の顔だ。店先のお正月飾りもすぐに取りはらわれる。

ましてや一月の半ばに新年の挨拶をするのは、いかにも間が抜けて見えるけれども仕方ない。正真正銘、今書いているのが、初荷といおうか初原稿である。今年もどうかよろしくお願いいたします。

ところで今年は新年早々から、かなり私が露出していることにお気づきであろうか。友人からは、

「もうイヤッていうぐらい、あなたの顔を見た」

という電話がかかってくる。ＣＭに出ていたのである。

きんさんぎんさん以来、時の人が起用される、またお正月の間だけ流れる限定ＣＭというこでお引受けしたのであるが、いやあ、テレビの影響力というのはすごい、としみじみ実感させられた。

田舎から帰ってきて、近くの商店街を歩いていると、皆にジロジロ見られるのである。どうも短期間だけといっても、集中的にスポットＣＭを流していたらしい。電車の中でも視線を感じるのは、最近はなかったことだ。

また近くの本屋に行くと、レジ横の目立つところに私の顔が並んでいる。「編集会議」という業界誌で、「林真理子全一巻」というのをつくってくれたのだ。ちなみにこの雑誌の編集長は、かつて「週刊文春」の編集長として広く名を知られた花田さんである。昔のよしみで、断わり切れないまま、ずるずると大仕事を引受けてしまった。引受けた、といっても、私がかかわったのはロングインタビューに、写真撮影ぐらいで、あとは花田さんや何人かの編集者が手分けしてやってくれた。すごい短い期間でつくったにもかかわらず、私の書いた百二十三冊の本もいちいち写真を撮り、解説をつけてくれている。写真のキャプションにかなり誤りがあるというものの、年譜もよく出来ていると皆が言う。

仲のいい編集者から電話がかかってきた。

「すごいねぇ……。一冊全部『林真理子』。こういうビジュアル本がつくれるって、大御所は別にして、作家じゃやっぱり、あんたしかいないよねえ」

「ありがとう……」

私はすっかり嬉しくなった。

「でも、そんなことないと思うわよ。村上春樹さんとか、他にいっぱいいると思うけど」

「でもさ、ああいう人たちは、こういうのやらないもん」

本当に嫌な男である。

しかし自分でも、この雑誌には見入ってしまう。こんなにアホらしい写真をいっぱい撮っている人が他にいるだろうか。中には青くなるようなものも幾つかあった。この雑誌の取材をされている時は、年末でいちばん忙しい時である。

「ハヤシさんの昔の写真を貸してください」

と言われ、私はダンボールの箱を差し出した。だらしない私は、この中にいろんな写真をぐっちゃぐちゃに詰め込んでいたのだ。

「はい、はい、この写真、何でも好きなように使ってください」

と、とにかく年末進行に追われていて、せわしない時だ。

「えっ、いいんですか」

と驚く人々。無頓着な私は、どういう写真が使われるか、雑誌が出来上がるまで全く知らなかったのである。

大昔ホームパーティーで、ふざけてバニーガールになったのもある。二十代の頃、友人とグアムへ行き、水着姿で寝そべっているのもある。我ながら、

「どうしてこんな体に、ビキニを着たのだろうか……」

と不思議でならないボリュームだ。とにかくそんな写真がふんだんに載っているのだ。

雑誌の企画で、看護婦さんに扮したものもある。この時は、

「少しでも医療の現場に触れたい」

などと、まわりに殊勝なことを漏らしていたのであるが、どう見ても〝かぶりもの〟の世界でこれも笑える。

子どもの頃の写真も何枚かあるが、あまりにもビンボーったらしい。昭和三十年代初めの田舎は、まさしく、

「終戦直後の庶民の暮らし」

なのである。

そして子ども時代の、私のトロい顔ときたらない。

私はお正月に帰った時、この雑誌をお土産に持っていった。

「わー、私も写っている。懐かしい」

と従姉たちも大喜びであった。そしてそのせいかわからないけれども、やたらご馳走

を持ってきてくれた。私の大好物、山梨名物モツの煮込み、キッポシと呼ばれる干し芋、干し柿。私は食べに食べた。一週間同じセーターを着て、化粧もせずに過ごした。そしてそのツケは、東京へ帰ってきてからやってきた。

「ハヤシさん、顔がむくんでますよ……」

ハタケヤマが言う。

「いつもの顔と全然違いますよ。すごくふくらんでて、こわい！」

おそらく、これが本来の私の顔なのだろう。あのまま山梨の田舎で暮らしていたら、私はこのような、むくんだ、人のよさそうな顔のおばさんのままでいたことであろう。

それがふとした偶然と幸運から、都会の真中に生き、かなり緊張感のある暮らしをすることになった。人生というのは不思議なものだなあと、私は「他人《ひと》ごと」のように、自分をこの雑誌によってふりかえったのである。

これがどういう心理に影響しているのか、東京へ帰ってから、「買物依存症」に近いものになっている。時はあたかもバーゲン期間である。毎日のように、どこかの店を覗いている私。空怖《そらおそ》ろしくなるほど服を買っている。

もっといろんな洋服を着たい。自分を変えたいという狂おしいまでの願望。

なんだかそれがもっともっと強くなったような年である。これはおっかないことの前兆なのかしらん。

ポイント

このところ、「週刊文春」では「食事のマナーの悪いタレント」を弾劾している。私もテレビを見ていて驚くことがあった。食べ歩きや旅のレポーターならともかく（もうこのあたりは諦めている）、食に造詣《ぞうけい》が深い、ということで料理対決番組の審査員をしている中に、ちゃんと箸を持てない人たちが何人もいるからだ。

私は子どもの時に、

「箸をちゃんと持てない者に、食べる資格はない」

とか言われ、食後特訓をやらされた。豆を箸でつまんで、皿から皿へ移す練習だ。なと書くと、いかにも行儀がいいようであるが、不器用なうえに注意力散漫、おまけに指の力がない私は、よく食べ物をぽたっと落とす。昔は友人から、

「アンタって病気じゃないの」

と心配されたぐらいである。

私は自分のマナーの悪さを充分に知っているので、食べ物番組はすべて断わってきた。食べる姿をテレビで映されるなんて、これほど恥ずかしいことはないと思っていた。

この禁を破ったのは、ご存知「ＳＭ《ス》ＡＰ《マ》×ＳＭ《ス》ＡＰ《マ》」に出た時である。あの時私はお茶に使うお懐紙を持っていこうとしたのであるが、

「そういうことするのって、すっごく嫌味だと思う」

という声に押し切られた。もしかしたらあの手皿を使ったかもしれない……。

さて、うちの母は昔、私にこんなことを言った。

結婚する男の人に、いろんなことを求めてはいけない。三つのことがかなえられたらそれで充分なのだと。

まず健康であること。自分の仕事が大好きであること。そして箸遣いがきちんと出来ること。

私の夫となった男の人は、最初の二つの条件はクリアしていたのであるが、最後のひとつが駄目だった。箸の遣い方がなっていないのである。ひどい握り箸とかではないが、中指を間にはさまないよくある握り方だ。

以前、会社の忘年会で鍋をつついている時、誰かに、

「トーゴー君に、この豆腐つまんでもらおうよ」

とからかわれたこともあるらしい。

育ちが悪いわけでもないのに、どうしてだろうと思っていたのであるが、この頃気づくようになった。大切に育てられた男の人に、箸の持ち方がよくない人がかなりいる。躾《しつけ》がどうという問題ではなく、お母さんが息子可愛さのあまり、厳しく直さなかった、という感じであろうか。社会的に地位があり、ステータスを持つ男の人の中に、お箸をぎこちなく持つ人が何人もいる。が、そんなに嫌な感じは持たない。甘ったれの少年時代が目にうかぶようである。と思うのもその人たちが充分に魅力的だからか。

そんなある日、友人から電話がかかってきた。内容は縁談である。もちろん私のそれではない。

私の知り合いの女の子に、ぴったりの相手がいる。人柄も経歴も申し分ない。一度会わせてみたらどうか、ということになった。スケジュールを合わせ、お見合いの日を設定する。

「個室をとって、和食にしようよ」

という友人の言葉にハッとした。

「ダメだ、あのコ。お箸の遣い方がヘンだもん」

やはり初対面の見合い相手に、マイナス点をつくらない方がいい。私は和食をやめ、イタリアンを提案した。

が、うちのハタケヤマ嬢に言わせると、

「今どきの若い男の人だったら、箸がどうのこうのなんて気にしませんよ」

ということだったけど、そうかしらん。

相手の男の人が、どんな風に育ったかよく知らないけれど、人というのは親に厳しく言われた幾つかのポイントを持っているものだ。ふつうに育った人なら、必ず二つか三つはこれを持っている。それはもしかすると、靴の脱ぎ方かもしれないし、お風呂の使い方かもしれない。人はそういうものにとても敏感である。他のことには我慢出来ても、ここだけは譲れない。相手の人のポイントの中に、〝箸遣い〟があったら、彼女はかなりの失点をくらうことになるだろう。

が、エラそうなことを言うようだけど、こういうポイントが、結局は文化なんだよね。

つい先日のことである。よく買物するショップに出かけた。バーゲンだったのでしこたま買い込んだ。その中にずうっと欲しかったコートがあった。

私は時計を見る。

「このあとレストランで食事があるから、これを着てっちゃおうかなー。今着てるの、後で買った靴と一緒に送ってくれないかしら」

ところが、いつもはどんな無理も聞いてくれる店長さんがきっぱりと言った。

「ハヤシさん、そういうことはしない方がいいですよ」

「えっ、どうして」

「だって言うじゃないですか。新しい服や靴は、夜におろしたら絶対に駄目だって」

「へえー、そうだったっけ。靴はよく聞くけど。私、靴をおろす時は、絶対に家の中ではいて、そのまま地面に降りるのはしないよ。それから必ず朝おろすけど、洋服もそうだったっけ」

「そうですよ。私、おばあちゃんから、それはしちゃいけないって、すごく強く言われました」

私はそれを聞いて、何だかとても嬉しくなった。都会の真中で、流行の服を売る人がそういうことを言うのにだ。人のそういう大切なポイントを聞くのって、ほっと温かい気分になる。

それにしても、関口宏さんって、やっぱりいい人ですね。あの年齢で、あれだけの地位にいる方が、箸遣いがどうの、こうの言われたら、むっとするはずである。プライドを傷つけられて、怒る人もいるだろう。ところが関口さんは、素直に非を認められたという。別に謝る必要は全くないが、これから気をつけるとおっしゃったというではないか。居直らない、というのは、実はとてもむずかしいことで、私など反省の日々である。

お菓子の季節

和菓子のおいしい季節である。

まだ春というにはほど遠いけれども、時たまお陽さまがほっこりとやさしい日々が続くことがある。

こんな時、お菓子屋さんのケースをのぞくと、もう桜餅や草餅が並んでいる。あの薄桃色や萌黄色を見ると、もう知らん顔でいることは出来ない。何個か買って、小さな包みを持って歩く時、ささやかな幸せを感じるのは私だけだろうか。

この頃、編集者が打ち合わせに来るとわかっている時は、出来るだけ和菓子を買っておくようにしている。原宿に住んでいる時は、みんなしょっちゅう顔を出してくれたのであるが、引越してからというものは何となく間遠くなっている。これには私にも原因があって、家が遠くなった分、外に一たん出たらすべて用を片づけようという気持ちになっている。誰かが来る予定があると、その時間はうちに帰らなくてはならなくなるのが嫌で、出先の喫茶店で会ったりしていた。また、連載の話をされるのを避けようと、会う約束を先伸ばしにばかりしてきた結果、来訪者が次第に減ってきたのである。

よってたまにのことなのでおもてなししようと心に決めた。和菓子を買うのもそのためである。

そもそも、わが家は到来ものが多い。クッキーやチョコレート、焼き菓子といったものをよくいただく。いつもこういうものをお客さまにお出ししていたのであるが、みんな手を出さない。

「甘いものって、今どきの人にはあんまり好かれないのかも」

と思っていたのであるが、そんなことはなかった。いわゆる〝乾きもの〟には手が伸びなかっただけで、〝なま物〟はみんなおいしそうに食べる。私はある女性評論家の書いたエッセイを思い出した。

この方は中年と呼ばれる年頃から、老後のことが心配でたまらない。結婚もせず、たったひとりの身の上なのだ。よってお金を貯めようと、自他共に認めるケチになった。

編集者にはお茶と干菓子を出す。何カ月も使いまわしている干菓子である。あまりにもまずそうなので、誰も手を出さない。が、彼女に言わせれば、お茶とお菓子を出した、ということになるのである。

この話を思い出すまでもなく、人というのは自分のために用意された、銘々皿に盛られた生菓子はたいてい食べる。よっぽどの辛党でない限り、みんな喜んで食べる。あの評論家の家のように、大皿に盛られた干菓子なら誰も食べないだろうけれども。

最近私は、小さな店の草餅に凝っている。有名店でも何でもない。おばさんがひとり店番をし、ケースには、

「お赤飯承ります」

というポスターが貼ってあるような店だ。しかしここの草餅がいちばんおいしいと夫は言う。今も私の傍で、四日前に買ってかなり固くなりかけたのをむしゃむしゃ食べている。

今年、草餅をことさらおいしく感じるのにはわけがある。お皿のせいだ。

昨年の秋、富山の「風の盆」を見物するために、金沢に泊まった。一緒に行った友人たちはみんなお茶をやる人たちだったので、器を見たがった。さっそく大樋《おおひ》焼《やき》さんの本店へ行った。そこでお茶を点《た》ててくださったのである。

お茶どころ金沢は、美しい生菓子がある。抹茶色の花の形をしたお菓子に、ほうっと私はため息をついた。飴色の大樋焼に、緑色がそれはそれはよく似合っていたからである。

「この銘々皿と同じもの、ありますか」

お店に飾られていたそれは、幸いにも私にも気安く買える値段であった。といっても、ふだん遣いにするには、やや抵抗があるといった価格で、この五枚の皿はわが家の食器棚にずっと眠っていた。それを今年デビューさせたのである。

お菓子、特に和菓子というのは不思議な存在感があって、よく映えるお皿にきちんと盛るとそれだけで完結するという感じ。これほど小さなものなのに、足りないものはなにひとつない。

手づかみで食べたり、そこらの皿に盛ればただの草餅である。けれども素敵な皿に盛ると、季節を伝えるためにつくられた精緻な工芸品という感じがする。

今年の正月は、「花びら餅」を何個か買った。これも本当に綺麗なお菓子だ。甘く煮たゴボウと白味噌を、円型のぎゅうひではさむ。これを初めて知ったのは、今から十五年以上前、雑誌の小さな記事であった。お正月に皇室で必ず召し上がるお菓子とある。皇太后さまの大好物で、とても雅びなお菓子と書いてあった。

おいしそうだなあ、いったいどんなものだろうと思っていたところ、うちの近くのお菓子屋さんで発見した。当時は今のように、花びら餅はポピュラーではなく、デパ地下で売られていることもなかった。そこで見たのが初めてだ。

「うちでつくって、各宮家へおおさめしているんですよ」

と店のご主人が教えてくれた。

その菓子屋は、小さいけれどもとても有名で、お茶をやる人はみんな知っている。ショーケースには毎日十種類ほどの見本が置かれ、それを見て客は注文するのである。

私が当時住んでいたマンションとこの店は、歩いて五分ほどの距離であった。毎日昼過ぎになると、あそこのお菓子が食べたくてたまらなくなる。けれどもひとり暮らしの私は、せいぜい二個の菓子でいいのだ。けれども二個のお菓子を箱に入れてもらい包装してもらうのは気がひける。タッパーにしようかと思ったのだが、それではあの菓子に失礼だ。私は古道具屋さんで小さな菓子鉢を買い、それに入れてもらうようにした。こうするとお店の方でもとても親切にしてくれたものである。

ある時、私のように菓子鉢を持参し、そのうえにちりめんの風呂敷も用意した人がいた。お菓子屋さんのおかみさんが、鉢に菓子を入れ、きっちりと大切そうに風呂敷を結んでいたのを、まるで昨日のように思い出す。とてもいい光景であった。

日頃はがさつな私が、和菓子に関してはとてもやさしく心を砕く。ケーキならこんなことはない。

◆旅路のはてまで

バーゲンのセーター

事件は、私がデパートのバーゲンに出かけたことに始まる。

そのデパートは有名なブランドがいっぱい入っており、あちこちハシゴすることが出来る。

ふだんは縁のないショップを覗くのも、バーゲンの楽しみのひとつだ。私は某有名ブランドの店に入った。ここのものはあまり着たことがない。なぜならあまりにも高いからだ。特にニットがすごい。

私は黒いセーターを手に取った。カシミアのセーターに細い透き間がある。そこに手の込んだレースがほどこされているという贅沢なものだ。が、二十四万円という値段がついている。

「これが三割引きになるの？　でもすごい値段ですね」

と思わずつぶやいたところ、

「お客さん、これは値引きした値段です」

という答えがあった。元の白い値札を見ると、なんと三十三万円とある。もう一枚、白い花が造花のようについているニットは、なんと四十七万円という定価だ。

「ちょっとお聞きしますけど」

鼻息荒く私は言った。

「この三十三万とか、四十七万円のニットを定価で買う人って、本当にいるんですか」

若い店員さんは、否定とも肯定ともつかぬ表情で、うふふと笑ったのである。

私はしょっちゅう洋服を買い、その中にはかなり高いものがあるが、ニット類は限度額を決めている。どんなに勧められてもバカ高いセーターは買わない。十万円しようと、二十万円しようと、たかがセーターである。クリーニングに数回出せばくたくたになるし、外出着にはならない。

それなのに、この世の中には、三十万、四十万というセーターを着る人が存在している、ということは私には驚きであった。

そしてこのバーゲンの日から二日後、夫婦でホームパーティーに招《よ》ばれた。私の高校時代のクラスメイトのフジワラ君は、ヨーロッパに赴任した時にワインにめざめ、大変なマニアになった。時々友人を集めてパーティーをし、いいワインを惜し気もなく抜いてくれる。

いつもは私と一緒に出かけることを嫌がる夫であるが、お酒につられてこのフジワラ君の家にはいそいそと出かけるのだ。

その夜は四組の夫婦が招ばれていたのだが、プロスポーツマンのBさん夫妻が遅れてくるという。

「でもぼちぼち始めようよ」

と、友人が最初のワインをデキャンタに移した時、Bさんたちがやってきた。隣りに座ったB夫人を見て、私は思わずキャーッと叫び声をあげた。おとといデパートで見た、あの黒いセーターを着ているではないか。

「それって○○○のセーターでしょ！　三十三万円するやつでしょ！」

はしたないと思うが、私は興奮の極致である。

「すごいわ！　こんな高いもん、いったい誰が着るんだろうと思ってたけど、やっぱりいたんだー」

私の発言に、座は大いに盛り上がった。女たちは夫そっちのけで、ブランドの話になる。

「ここのニットは、高いけどやっぱり綺麗よね」

「本当。セクシーだし、すごく凝ってるし」

「でもね、とてもじゃないけど、プロパーじゃ買えないわ」

「あの、ここだけの話ですけど」

弁護士のCさんの美人の奥さんが、ややためらいながら言った。

「このブランド、金曜日に社員バーゲンするのご存知でしたか。九割引きになるんですよ」

「九割引き！」

女たちはいっせいにどよめいた。

「私、ハガキを持っていて、それがないと入れないんですけど、ご同伴者一名だけ可、ってあるから、ハヤシさん、連れていってあげましょうか。Bさんは、うちの母の同伴者っていうことで……」

私は午前中の予定を全部キャンセルし、バーゲンに行くことにした。

が、このあたりから夫の機嫌は次第に悪くなり、帰りのタクシーに乗るなり爆発した。

「おマエ（夫は激怒すると、キミがおマエになり、アンタになる）くらい非常識で嫌な女は見たことがないよ。三十万のセーターの話されてるサラリーマンがどんな気持ちになるか考えたことあるか。おマエは、そういうセーターを買える、っていうことを自慢してるのか」

「ちょっと、私が三十三万のセーターを買ったわけじゃないでしょう。たまたま買った人が隣りに座ったから、驚いてキャーキャー騒いだだけよ」

が、私の言い分には全く耳を貸さず、夫は非常識だ、いったい何考えてんだと、私を罵《のの》るばかりだ。

「おマエはサラリーマンの気持ちを考えたことがあるか。どんな嫌な気分で、三十万のセーターの話聞いてんのかわかってんのか〜」

あまりの見幕に、私もカーッとなったが、少し冷静になって考えることにした。確かにサラリーマンの前で、といっても自営業の人ばかりで、サラリーマンは夫ひとりであるが、ふつうの勤め人の一カ月分の給与にあたるセーターの話をしたのはまずかったかもしれない……。

しかし、あれとこれとは話が別だ。私は金曜日の朝、早起きをしてバーゲンの列に並んだ。

扉が開き、いっせいに中になだれ込む人たち。みんなニットの台に殺到する。

そして私はC夫人に肩を叩かれた。

「ハヤシさん、お探しのニット、ありましたよ」

あの三十三万のセーターが、九割引きというお姿になって私の前にあるではないか。私はむんずとつかんだ。今、そのセーターを着て、この原稿を書いている。

バーゲン会場には、紳士ものもいっぱい揃っていたが、私は一枚も買わなかった。誰が買ってやるもんかい、ふん。

「指環」の事情

二〇〇二年のはじめ、私は目標をいくつか立てた。

まずは、だらだらと続け、リバウンドの波を行ったり来たりしているダイエットをきちんと完結すること。

そしてオペラ「ニーベルングの指環」を全曲鑑賞するということである。

恥ずかしながら、最初の目標は全くなっていない。つい先日、高いワインに目がくらみ、意地汚なく飲んだところ、あっという間に一キロ太ってしまった。全盛期に比べると、なんと四キロ増である。

「ハヤシさん、本当に頑張ってくださいよ」

がっかりする先生にひたすら謝り、これからは心を入れ替えてダイエットをやりますと誓った。

そして二つめの「ニーベルングの指環」であるが、これは着々と進んでいる。この十年、オペラの面白さにとりつかれてからというもの、私はかなりの数のオペラを観てきた。引越し公演はもちろん、新国立劇場での月一回公演も必ずといっていいぐらい行く。

が、こういうところで上演されるのは、たいていがイタリアのオペラである。ドイツもの、あのワーグナーには私は歯が立たない。ずっと以前「ワルキューレ」を観に行き、四分の三ぐらい眠っていた記憶がある。が、この時いつ目を覚ましても、舞台の暗さも登場人物もほとんど変わっていないから驚いた。だからまた寝た。

だから私は長いこと、初めてオペラを観る人に対して、

「最初はプッチーニかヴェルディよ。ワーグナーなんか観たら、いっぺんにオペラ嫌いになるからね」

とよく言っていたものだ。

しかし私の中に、ある願望が芽ばえるようになった。せっかくオペラファンを自認するからには、ワーグナーがわかるようになりたい。知り合いのカツミさんは、犬にワルキューレ、猫にヴォータンという「ニーベルングの指環」に出てくる登場人物の名をつけている。ずっと以前「ワルキューレ」(私がぐっすり寝ていた時だ)を一緒に観た時、カツミさんはポロポロと涙を流していた。

「ボクはね、ワーグナーを聴くともう駄目なんだ。涙が出てきてとまらないんだ」

世の中ではこういう人を、ワグネリアンという。オペラの超上級者である。私にこんな力があるとは思えないけれども、やはりオペラの深淵というものを覗いてみたいような気がするの。そこには底知れぬ大きなものが潜んでいるような気がする。

そんなわけで、昨年の秋に発売されるやいなや「ニーベルングの指環」全演目のチケットを買った。「指環」（これからはこう略す）は、神話に題材をとり、ワーグナーが二十六年の構想をへてのちつくり上げたと言われている壮大な歌劇だ。序夜と三つの夜、つまり四回観なくてはならない。序夜の「ラインの黄金」から始まり、「ワルキューレ」「ジークフリート」「神々の黄昏」といった三つの演目が上演されるのだが、ひとつひとつが長いので、たとえば「ワルキューレ」だけ「ジークフリート」だけと単独で上演されることが多い。全演目観ようと思うと、ドイツのバイロイト歌劇場まで行かなくてはならなかった。今回、日本ですべて上演されるのは二回目で十五年ぶりのことなのである。

とにかく長い。序夜の二時間半はともかく、どれも休憩時間を含めて五時間かかる。観客は毎日、夕方四時か四時半にＮＨＫホールへ行き、九時半までオペラを観続けるのだ。

しかもイタリアンオペラと違い、華やかな舞台装置や、美しい衣裳が出てくるわけではない。少ない登場人物が、とうとうと歌い続けるのだ。

五時間出ずっぱりの歌手もえらいし、オーケストラもえらい。それを観続ける観客もえらい。ノレなかったら拷問に近い難行だが、ハマってしまうとその歓喜たるや、オペラのそれこそ真髄に触れることになるという。

私は師と仰ぐ三枝成彰さんに打ち明けた。

「あのね、私、『指環』を全部観て、オペラ初心者から、中級者にステップアップしたいの」

「あれはね、オペラ最上級者が観るもんなの」

三枝さんはあっさりと言うではないか。

「僕だって退屈しちゃうもん、話は長いし、こみ入っててわかんないし、もお、あれを観るのは大変なの」

脅《おど》かされたわけではないが、上演の日が近づくにつれ、私は毎日CDを聴き、少しずつ耳を慣らすことから始めた。この「指環」にアリアはない。えんえんと神の対話が続くのである。

途中で眠ったらどうしようと、私は前日は早めに寝て序夜に備えた。そして結果を言うと、ものすごく面白かったのである。まるで未来都市の出来ごとにしたような演出がユーモラスで、出てくる神々が、みんなテレビゲームのようなキャラクターになっている。

「この分だと、明日の『ワルキューレ』もなんとかいけるかも」

と自信がついてきた。隣席に座るチケットを手配してくれたA氏も、

「いやあー、よかったですね」

としきりに口にする、実はこの方、私のダイエット仲間なのである。根性なしの私と違い、この方は一年間で五十四キロ痩せた。百三十五キロくらいあったのが、今は八十キロちょっとという、すさまじい減り方である。A氏はオペラ好きがこうじて自分でも歌う。音大の専攻科に一年通ったぐらいの通である。私はこの人と仲よしなのだが、今まで一緒にオペラへ行ったことがない。誘いもしなかった。

だって、だってね！　百三十キロの人とデブの私が隣り合わせに座ったら、どうなったと思います？　とてもじゃないけどお互いはみ出して、きつくてきつくてオペラどころじゃない。

ところがあちらはダイエットに成功し、大すっきり、私も小すっきり、初めて二人揃ってオペラを観られるようになったのである。今日も二人揃って仲よく「ワルキューレ」を観てきた。

今回の「指環」には、そういう事情も隠されていたのである。

おばちゃん

私はよくファンレターをいただく。

涙が出るような有難い内容が書いてあって、これを読むのは物書きにとって至福の時である。けれどもかなりの確率で、

「林さんの、ものをズバズバ言うところが大好きです」

という文章があり、なんだかちょっと悲しくなるの。

私の取り柄って、まるでこれだけみたいじゃないか。私は別に言いたい放題のことを口にする毒舌家ではない。他人さまについてあれこれ言う時は、それなりに慎重に気を遣っているつもり。それに私の本職は、ちゃんと別のところにあるのに、そちらは読んでくれてないのかなあ……。

それにしても女というのは、「ズバズバものを言う」女というのが本当に好きらしい。

サッチーのような、何の特技も、知性のカケラもないようなおばさんに、結構ファンが多かったのはそのせいであろうか。

同じようなことが田中真紀子サンにも言える。常々私は、

「真紀子さん頑張って、という女性に寒々したものを感じる」

と書いてきた。日本の女というのは、それほど虐《しいた》げられた暮らしをしているのか。それほど言いたいことも言えず、うつうつとした日々をおくっているのであろうか。

それが今回の外相更迭騒動である。そして私はあることに気づき、愕然《がくぜん》とした。

「結局、日本の世論というのは、おばちゃんが動かしているんだ！」

おばちゃんとあえて呼ぶ。ワイドショーと女性週刊誌で情報を仕入れ、ものごとの深いところを少しも見ようとしない人たちだ。

田中真紀子さんという人が、外相として本当にふさわしかったのか、一度でも考えたことがあるだろうか。

外交などということがまるっきり出来なかった大臣。重要機密をペラペラ喋り、指輪が失くなったとわめきたて、部下に買いに行かせる大臣。人との調和が全くとれず、気にくわないことがあれば籠城《ろうじょう》を決め込む大臣。

私は彼女が初めて立候補した時、新潟に取材に出かけたことがある。あの頃から大変な人気で、ワイドショーや週刊誌の人たちが従《つ》いてきた。演説を聞いたが、お父さんそ

っくりのダミ声に、人を魅《ひ》きつけるものがあった。おそらく人気の政治家になるだろうと思ったけれども、ここまでになるとは予想出来なかった。

今、あの騒動の後、ワイドショー、女性週刊誌を中心とした「真紀子コール」はすごいものがある。が、どう見ても公平さを欠いたものばかりである。

真紀子さんはいつのまにか、外務省の改革に、ひとり果敢に立ち向かったジャンヌ・ダルクになっている。心やさしく、世界の貧しい人たちのために生涯を捧げている、NGOのお兄ちゃんをかばったばかりに、ジャンヌ・ダルクは悪いお代官に謀《はか》られた。大切な仕事の場所を追い出されたのだ。でもいちばん悪いのはお代官を許した王さまじゃないの。もう許せない。ジャンヌ・ダルクを利用するだけ利用して、もう王さまになんか手を振ってあげないッ、もう国王もやめてほしい、と、多くのおばちゃんたちは思っているらしい。

外務省は本当にヘンなところだ。エリート意識いっぱいの官僚たちが、お金に関しては結構セコいことをしている。それ以上に、あの鈴木宗男さんというのは許しがたい。昔の自民党のオヤジそのままじゃないか。私だってあの人たちがいいなんてこれっぽっちも思ってはいない。けれども女性週刊誌やワイドショーの人たちに言いたいのだ。ジャーナリズムを名乗るからには、冷静な目というものがあるだろう。

「真紀子サンは素晴らしい外務大臣で、素晴らしい仕事をした」

などと黒を白と言いくるめるようなことはやめてほしい。どういう外務大臣で、どういう評価をされていたか、きちんと書くべきでしょう。

彼女は「女だから」更迭されたわけではない。「外務大臣」として、あまりにもひどかったのである。「一人の人間」としても、他の世界では全く通用しない人だろう。

驚いたことには、かつてアグネス論争の時に、なんだかんだ言っていたフェミニストたちが、これを機にまたぞろ出てきた。そして川口新大臣のことを、

「結局は、ああいうそつのない女が、男社会で生き延びるのよ」

みたいなことを言っている。そつがなくて悪いか。総理大臣の父親を持たない女は、ひとりで社会の中に出て生きていかなくてはいけない。人間関係を必死でうまく収める能力を身につけるのはあたり前じゃないか。

ある女性週刊誌は、

「離婚するような男だから、再び女をポイ捨てする」

だって。

こぞって小泉さんのポスターを買い、キャーキャー喜んでいたのもおばちゃんたちだったが、掌《てのひら》を返したように「小泉憎し」になっていったのもおばちゃんたちだった。

ああ、こういう人たちに振りまわされる政治家というのは、なんてつらい仕事なんだろうか。

マスコミは大喜びで、

「小泉政権崩壊が始まった」

「もう小泉なんかいらない」

という見出しが新聞の広告に躍っている。どこも小泉さんのことを叩きたくてうずうずしていたのであるが、異常ともいえる人気ゆえに、じっと筆を抑えていたのだ。今、みんな大喜びで書きたい放題。私はこういう、おばちゃんのふりをする男も大嫌いである。


小泉さんを辞めさせて、いったいどんな政権にしたいのか。おめにかかる機会が何度かあり私はふつうの人よりも、ずっと小泉さんのことを知っているつもり。ひと言でいえば愚直なまでの理想主義者だ。普通の政治家のような深謀遠慮など出来ない人だ。ハラハラするぐらい脇が甘く、真紀子さんのことなどその最たるものだろう。辞めさせる時期を完全に間違えたのは小泉さんの大きなミスである。けれども今までの総理にそうしてきたように、皆で足を引っぱることをまたしたいのか。このあいだまでのたったひとつのかすかな「希望」を、こんなにたやすく消していいんだろうか。おばちゃんパワーで。

ナマ真紀子さん

親しい新聞記者に言われた。

「ハヤシさん、今度の騒動、すごく興味持っているみたいですけど、だったら参考人招致、見に行けばいいじゃないですか」

「え、そんなこと出来るの」

「簡単ですよ。傍聴券貰って見に行けばいいんですよ」

初耳であった。その人によると、国会議員に頼めば、すぐに傍聴券を出してくれるとのことだ。

「ナマ真紀子や、ナマ宗男を見られますよ。テレビで見るのとは違う迫力があって面白いかも」

その人が言うには、宗男さんはもちろん嘘をついているが、真紀子さんも嘘をついている。そのへんのところを聞き比べるのがミソだと言う。

私は知り合いの国会議員にお願いして、傍聴券を二枚出してもらった。友人と二人、早起きして永田町へ行く。そして秘書の方に傍聴券を貰い、道路を渡って向かいの議事堂へ入った。

長く東京に住み、議事堂の前をしょっちゅう通っているが、ここに入るのは初めてである。よく見学の団体さんが歩いているから、わりと自由に入れるところだなあとは思っていた。

私たちの前にも、行列が出来ている。驚いたことに、「傍聴席見学」というのはわりとシステマティックになっていて、矢印の通りに進めばよいのだ。まず申請書を出し、ハンコをついて貰ってその半券を貰う。セキュリティのゲートをくぐるが、後は自分たちだけでエレベーターに乗る。

田舎のおじちゃん、おばちゃんの団体もいっぱい来ていた。係員のおじさんが言う。

「今日は傍聴者が多いので、入れ替え制になるかもしれませんよ」

どうも上京した地方の支持者たちに、

「国会見学のついでに、真紀子さんや宗男さんを見ていったらどうですか」

と国会議員のセンセイたちが声をかけたらしい。

とにかく中に入ろうと、私と友人は大急ぎで先に進んだ。狭い階段をのぼる。細長い階段状の部屋は、カメラマンや記者でいっぱいだ。まさかマスコミ席と傍聴席とが一緒だとは思わなかった。椅子なんかもうひとつも空いていない。立っているのがやっとだ。

カメラの放列の間から、ナマ真紀子さんが見えた。ブリティッシュ風のスーツでびしっと決めている。

彼女が喋っているのをライブで見たのは初めてだ。

ご存知のように、私は彼女のことを認めてはいない。こういう人が拍手喝采される世の中は本当に問題だと思っている。が、彼女の大きな身ぶり手ぶりの話を聞いていると、なるほど、これじゃあ人気が出るだろうなあと納得してしまった。

自分の都合の悪い話になると、大きな声で言いくるめる能力。とにかくそこにいる人々、テレビの向こうの何百万人もの人々を自分のペースにひき込んでしまう力たるや大変なものだ。

いつのまにか真紀子さんは、男の権力者たちにいびられる悲劇のヒロインになっていくではないか。うちにもよく、

「あんた、よくも真紀子さんを非難したわねッ」

と電話をかけてくるおばさんがいるけれど、真紀子さんはまさしく、日本中のそうしたおばさんたちの怨《うら》みをすべて晴らしてくれる人なんだ。

ブッシュ大統領のレセプションに、前外務大臣が招待されないはずがないじゃないか。

そのくらい私にだってわかる。福田官房長官も、事務所のこういう男性に渡したとはっきりコメントしている。しかし、

「うるさいわねッ。どうせ来て欲しくないと思って出した招待状なんでしょう。それなら招待してないのと同じじゃないのッ。そうよ、私は招待されなかったのよ。何か文句ある」

というのが真紀子さんの論理らしいが、こういうところが、多くの人（特に女性）の胸をすかっとさせるのであろう。

彼女が証拠として提出したメモであるが、あれこそ彼女の、

「すぐバレる嘘を平気でつく」

という性格をあらわしている。真紀子さんがとっさにメモしたといわれるプリント用紙は、配られたのが電話がかかってきた二時間後だったのだ。ふつう重要な電話のメモを、とっさに二時間も後で書くものだろうか。これに対しても、

「うるさいわねッ、この日は忙しくて、紙をとりに行く暇も、探す暇もなかったから、ずっと後で配られたプリントしかなかったのよッ」

という論調で押しきられてしまったのである。

ムネオさんは最悪の政治家であるが、やっていたことはミニ角栄じゃん。角栄さんの時代は、地元に利益をもたらすのがあたり前で、目白に何千坪もの豪邸を建てることが出来た。その豪邸のお嬢さまは権力のまっただ中で育ち、そして自分で望んで権力の中

枢へと入っていった。今さらどうして権力にいためつけられる「かよわい女」のふりをするんだろうか。

それにしても、テレビの世論操作は本当にどうにかならないものだろうか。今日（二〇〇二年二月二十一日）のニュースステーションは、やや冷静さを取り戻し、有名な政治評論家が、真紀子さんを、

「あまりにもわがままで自己中心的だ」

とはっきりと批判していた。が、このＶＴＲが終わると、スタジオ内にやや困惑した雰囲気が流れ、真紀子さんと早稲田の演劇仲間だった久米宏さんが例によって、

「でも、真紀子さんがどうして人気があるのか考えなければいけませんよ」

と、とってつけたように言う。

傍らのキャスターの男性も、この政治評論家は世の中のことをあまりわかっていないというようなことを口にするではないか。

あの参考人席での真紀子さんは、自信たっぷりで、拍手に次第にのってきた。何をしたって、世論が自分についていることを百も承知している。民衆がどんなものか、彼女ぐらいわかっている人は他にいないだろう。人々は、わかりやすくて、面白いものしか望んでいないんだ。大声で言ったらそれが真実である。女がひとりで喋りまくったら、それだけで「革新」ということになっている。

私の好きな散歩

ある人から言われたことがある。

「ハヤシさんって、書くこと以外はすべて不器用なんじゃない？　何してもトロそうだし、歩くのも遅いし」

あたっているかもしれない。朝、用事で家を出る。かなり少ない確率だが、出勤する夫と一緒になることがある。たまには並んで駅まで行こうと思うのだが、必ずイヤな顔をされるのだ。

「キミみたいに歩くのが遅い人と一緒だと、遅刻するよ」

そんなことはないと私は必死で歩く。うちから駅への道は下り坂になっている。それにもかかわらず、夫との距離は広がるばかりだ。最後には小走りのようになる。しかし追いつけない。いったい何がいけないんだろうか。歩幅が狭いのがいけないんだろうか、リズムのとり方がおかしいんだろうか。そのうちヒマになったら、モデルさんが行くウォーキングスクールへ通おうと本気で考えている私である。

しかしこれほど歩くのが苦手な私であるが、散歩は大好き。知らない町を歩いたり、繁華街をぶらぶらするのを趣味としている。しかし何といっても楽しいのは、一枚の地図を頼りに食べ物屋さんを探すことだろうか。

〝食い仲間〟の秋元康さんから、時々お食事のお誘いがかかる。食い道楽の彼は、よく技《わざ》をかけてくるのだ。みんなが行く都心のイタリアンやフレンチではない。下町の探しあてるのがむずかしいような名店に集合がかかる。

秋元さんが言うには、そういう意表をついた店で人にご馳走し、

「おいしい、おいしい」

と言ってくれると、どうだ！　という気分になるんだそうだ。

昨年の冬は浅草のはずれの、蟹すきの店だった。駅から遠いことといったらない。地図を手に三十分ぐらい歩いた。タクシーで行けば簡単かもしれないが、それでは面白味がない。料金も高い。

よく子どもの頃、自分たちで地図をつくって「宝物探しごっこ」をした。あの感覚に似ている。ひとつひとつ建物を確かめ、通りの名を確認しながら進んでいくのが、実に楽しいのだ。

しかし下町の夜はどこも早く、六時過ぎるとほとんどの店でシャッターが下りる。あたりは暗くなってしまうのだ。

自転車で遊んでいた十歳ぐらいの少年に、道の名前を尋ねたところ、

「どこまでいらっしゃるんですか」

という美しい日本語が返ってきて驚いた。下町は躾に厳しいところらしい。蟹すきも本当に美味であった。

そして浅草の次に秋元氏が指定してきたところは、目白の居酒屋風和食店だった。この鰻《ウナギ》のタタキが絶品だというのだ。この店はなまじ駅から近く、行列するタクシーにワンメーターで乗るのがはばかられた。そうかといって歩くのは少々むずかしい、という中途半端な距離で、結局は都バスに乗った。バスに乗るのは何年かぶりだ。

そしておととい、秋元氏から送られてきた地図は、浅草雷門であった。ものすごくおいしい鴨料理屋さんだという。うちから浅草までは、地下鉄でかなりかかる。うんと早めに出たところ、三十分も早く着いてしまった。ついでだから仲見世を通り、浅草寺《せんそうじ》におまいりすることにする。こういう時、私はお土産を買わずにはいられないタチだ。人形焼きを買った。おせんべいも買った。本当に幸せな気分になる。

これからおいしいものを食べに行くのであるが、その前にちょっとしたおいしいものを買う。これは本当にいいもんだ。

ところで引越しをして、もう三年がたとうとしている。次第に町に馴染《なじ》んでいるのであるが、不満がいろいろ出てきた。地元の店の情報が入ってこないのだ。歩いて十分ぐらいのところに、おいしくていい店はないものだろうか、いつも食事となると、電車やタクシーを使って近くの繁華街へ出てしまうけれども、散歩派の私としては、非常に残念だ……。

などと思っていたところ、本屋の前を通ったら、大きなポスターがベタベタ貼ってある。なんでも某情報誌で、うちらの町が特集されているのだ。これは買わなくてはと、さっそくレジに持っていったところ、かなりのお値段であった。

しかし中を開いてがっかりした。あまりにもお粗末な内容なのだ。お金も手間もかかっていないことがすぐにわかる、おざなりな記事であった。

紹介されている店も、おいしそうなところは何もなく、行きあたりばったりという感じだ。マップもとてもわかりづらい。シロウトのつくる雑誌じゃあるまいし、これはちょっとまずいよ。

「こんなもん、何の役にも立たんわい」

このところ、私は自分の足で歩きまわることを決心した。

ちなみに私の住んでいるところは、二つの私鉄の駅にはさまれている。小田急線の駅の方は、静かな住宅地、という雰囲気だが、京王線の方は典型的な下町の商店街だ。今までもっぱら小田急線の方ばかり利用していたのであるが、この頃京王線が多い。この駅の界隈に、小さいけれども充実した商店街があるのだ。

おいしいシュークリームが百円の洋菓子屋さんもあれば、昔風のコーヒーショップもある。定食屋やトンカツ屋さんも充実していて嬉しい。

しかも私は素晴らしいことを発見した。よくタクシーで出かけていた劇場がある。こちらの道を使えば、ひと駅で行けるどころか、頑張れば徒歩でも可能なのだ。

ところが問題は帰りなのである。劇場の前に客待ちのタクシーの列が出来る。こういうところはいつも気の弱い私だ。この列の車に乗り込み、ワンメーターのところへ行ってもらう勇気がない。よって帰りも電車にすることにした。が、うちへ帰るためには、駅から斎場の傍《そば》を抜けなければならないのだ。夜の十時、十一時に斎場の傍を通る、というのはあまり気分のいいものと言えないだろう。いくら散歩が好きといっても、これはちょっとね……。

さて、ここで質問です。小田急線と京王線にはさまれ、近くに大きな斎場があるところに住んでいる私。私の住んでいる町はいったいどこでしょうか。

わかった人は、かなり歩くのが好きな人です。

春が来た

送られてきた掲載誌を見て、私は、

「あちゃー！」

と大きなため息をついた。

ある月刊誌で私は対談のホステスをつとめている。カラーグラビアで、ゲストと私の姿が大きく写っている。そこには、このあいだ着たばかりの紺のスーツを着た私がいる。つまり私は、同じ服を続けて着て、四月号と五月号に登場してしまったのだ。中に合わせた白いブラウスも全く同じものだから、読者の方はすぐに気づくことであろう。

このことを友人に告げたところ、

「同じ日に、二回撮《ど》りしたんだろうと思ってくれるよ」

と慰めてくれた。

「そんなことはないと思う。四月号はホテルのスイートルームでやったし、ヘアメイクをつけてくれた。五月号は朝すごく早くて、トンカツ屋の二階で対談した。同じ服を着てたけど、シチュエーションはまるっきり違うもの」

このあいだファーストレディに関する本を読んでいたら、大統領夫人たちは、いつどこに、どういう服を着ていったか秘書にすべて記録させているそうだ。

大国のファーストレディと、私ごときとを比べる気はまるでないけれども、着たものの記憶というのは案外早く消えてしまう。誰かがしっかりとメモしてくれない限り、これからもいろいろなミスを犯すことであろう。

私は購入する服の数はかなり多いが、露出する服の数もハンパじゃない。この月刊誌の他に、週刊誌の対談のホステスもしている。もっとも週刊誌の方は、モノクロで写真も小さいので、着ていくものに今ひとつ気が入らない。それよりも女性誌のインタビューの方が、ずっとずっと洋服について考える。

ごくたまにファッション雑誌でスタイリストをつけてくれることがあるが、ほとんどは自前である。時間がある時は、どんなおべべを着ていこうかと、あれこれ思案をし、

「どれ、じゃ、春ものでもいっちょ買いに行くか」

などと腰を浮かすのも、女ならではの楽しみである。

けれどもこのところ忙しくて、そこいらにかかっているスーツを着ていく。かなり広

くつくっておいたウォークインクローゼットも、私のだらしなさの前では何の役にも立たない。服を詰め込み過ぎて、回転ロッカーが動かなくなったのだ。おかげで部屋の中で進むことが出来ない、服を探すことが出来ないと、ナイナイづくしである。今のところ、私のクローゼットは、浴室のタオル置き場の隣りにあるラックだ。ここにある四着ぐらいのスーツやニットで着まわしをする。クローゼットの奥へ踏み入れば、また新しい別のものが見つかると思うが、そんなことをしている時間がないのである。

するど、この服を着ていると必ず会うという人が出てくる。おそらく相手は、私のことを、

「いろいろ書いてるわりには、服なんかそんなに持ってないじゃん。いつも同じものを着てるじゃん」

と思っているに違いない。

十年以上も前、まだ私が独身で麻布に住んでいた頃の話だ。近くに外国人向けの超高級マンションがあり、どんな人が住んでいるのだろうと思っていたところ、近くに住む友人が遊びに連れていってくれた。そこのいちばん広い部屋に、大金持ちの奥さんで美貌のA夫人が住んでいた。この家にしょっちゅう遊びに行くようになった。その頃、白いバルキーセーターが気に入っていて、というよりも、他のものを着るのがめんどうくさくて、三日に一度ぐらい着ていた。私がA夫人のところへ遊びに行くのは、三日に一

度ぐらいである。この頻度《ひんど》と、私の白いセーターを着る頻度とがなぜかぴったり重なったのだ。

ある日、Ａ夫人が私に紙袋をくれた。

「私のお下がりだけど着て頂戴。中にセーターが入っているの」

今も似たようなものかもしれない。今私が好んで着ているのは、やはり白いバルキーセーターだ。四年前モンゴルで買ったものである。四月に遊びに行ったところ、あまりの寒さに震え出した。持っていった薄手のニットやワンピースなど、全く役に立たないのだ。

ホテルの下に降りていくと、一階に「カシミアコーナー」というのがあった。セーターやニットの帽子などを売っている。私はここでセーターを一枚、次の日はベストを一枚、という買い方をした。ある日同行の男性と、朝ご飯の時に顔を合わせて吹き出した。彼も寒さのあまりその店であれこれ買ったらしい。品数の少ない狭いコーナーである。私たちの買うものは自然に限られてくる。気がついたら、同じコーディネイトになっていた。その日はどちらも白いバルキーセーターにジーンズ、茶のベストといういでたちであった。おまけにその方は小太りで私とよく体型も似ている。はしゃいで二人で写真を撮った後、その方はこうのたまうではないか。

「でもここまで同じ格好しても、僕とハヤシさんが怪しいなんて誰も思わないし、噂ひ

とってもうらやましいけど、あまりにもはっきり言われたので、私はちょっとむっとしてしまった。


とつたたないよね。きっと」

そりゃそうかもしれないけど、あまりにもはっきり言われたので、私はちょっとむっとしてしまった。

話が横道にそれてしまったが、その時のモンゴルで買ったセーターを、私はほぼ毎日着ている。それほど気に入っているわけではないが、もはや習慣になっているから仕方ない。

脱ぐ、洗面所の傍に積む。朝になる。歯を磨く、洗面所の傍に置かれたセーターを着る、という繰り返しなので、必然的にこのセーターを着ることになるのだ。

「キミ、もう何日間もそのセーター見たよ。たまには着替えたら」

夫が言う。そんなわけで別のものに替えることにした。夫がちらりと横目でこちらを見る。

「春になったんだなあ。キミのセーターが替わったもん」

旅路のはてまで〜

うちに一個の丼がある。

信楽焼《しがらきやき》もどきの、いかにも安物である。よく見るとふちのところがかすかに欠けている。それでも捨てることはない。うどんを入れたり、親子丼を盛りつけたりと、あればあったでちゃんと使っているのだ。

私はこの丼を手にするたびに、

「旅路のはてまでついてくる〜」

という名曲「くちなしの花」の一節を思い出すのである。

この丼は今から三十年前に買った。高校を卒業し、東京でひとり暮らしをすることになった私は、うきうきする春を迎えていた。東京で女子大生になり、アパート暮らしをすることになったのだ。楽しい生活が待っていそう。恋だってしちゃおうかな。もう嬉しくて嬉しくてたまらない。

そんな私がスーパーに買物に行ったら、たまたま空地で「瀬戸物大安売り」をやっていた。ダンボールに入れた食器を投げ売りしていたのである。

私は茶碗にお椀、そして中型の皿、丼にお箸を一つずつ買った。自分の食器を自分で買うというのは初めてだ。本当に大人になったような気がした。

しかしそれを母に見せると、

「何もこんなに品のない、安物を買ってこなくても」

と顔をしかめたものだ。そのうちの丼が、今も私の手元にあるものなのだ。

学生時代から社会人なりたてにかけて、私はいろんな食器を買い続けた。ひとり暮らしに慣れてから、可愛らしい模様の皿やスープ皿も買った。もちろん百円単位で買える安物ばかりである。そういうものは引越しのたびに消えていったのに、なぜかこの丼だけが残った。三十年だから、もはやアンティックの域に達している。

身のまわりのもので、消えないものというのがある。高価なわけでも、ことさら大切にしているわけでもない。しかしずうっと傍にあるのである。

私のだらしなさについてたびたび書いてきたが、夫は私に言う。

「どうしてキミが洗うと、靴下が片方ずつになるの」

私にだってわからない。洗濯カゴの中で確かめる、洗たく機に入れる前にもう一度確かめる、けれども洗濯機から出して干そうとすると、あら不思議、靴下は片方だけになっているのだ。まるで魔法を見ているみたいである。

自分のソックスを買う時も、悲しみが私の中にわいてくる。ちょっとしゃれたものや凝ったものならばかなりつらい。

「このソックスだって、すぐに片方になるだろう。私の人生で、まともに揃ったソックスなんてほとんどない。この綺麗な水色のソックスも、すぐに相手とお別れすることになるだろう」

そしてそのとおりになる。いったい私はソックスを何十足買ったことであろう。そして残っているのは、このソックスぐらいじゃなかろうか。

私は今、自分がはいているソックスを見た。赤と白のチェック柄のどうということのないソックスである。けれどもこのソックスは、私の持ち物の中で最長を記録しているのだ。

あまりにも長くはいているので、やわらかくなっていい感じである。しょっちゅうはいて、しょっちゅう洗っているのに、もう何年も双生児《ふたご》のままでいてくれるのだ。

ところが先日、山梨の実家へ持っていった。東京に戻ってからあちらでの洗濯物を拡げると、ソックスが片方しかない。がっかりするのがふつうであるが、私の胸に宿ったのは安堵というものである。

「ああ、これであのソックスも他のものと同じになったのか……」

この感情を昔味わったことがある。そお、男の人にフラれるたびに感じた、あの諦念《ていねん》と哀しみと、自虐的な安らぎ。

「この男の人も、他の人と同じだったのね。私には幸せはこないのね……」

私は片方だけになったソックスをつまむ。

「ずうっと引き出しを開けるたびに、この顔を見てきたけど、もう捨てる時が来たみたい」

けれどもすぐに捨てるのにはしのびがたく、そのまま引き出しに入れておいた。そして四日後、母から宅配便が届いた。頼んでおいた本やこまごましたものの中に、「忘れもの」

と書かれたビニールの袋があった。そしてその中に、あのソックスの片方が入っていたのである。

私の頭の中で、あのフレーズが鳴り出す。

「旅路のはてまでついてくる〜」

ずっと以前のことである。インドに旅行することになった。雑誌のグラビア取材（「週刊文春」の）も兼ねていたので、編集者が同行してくれた。あちらの空港に着き、乗り換える時である。こういう時、おそろしく時間がかかるものだ。ましてやインドというお国柄、私は覚悟していた。私は文庫本を取り出す。そしてふと隣りの編集者の手元を見て、私は声を上げた。

「何なの、それ」

厚い、なんてもんじゃない。十センチくらいの重箱のようなものを手にしているのだ。「ユダヤ人問題とシオニズムの歴史」とある。借りてぺらぺらとめくってみた。むずかしい学術書である。シロウトが読むものではない。

「こういうむずかしいものは、旅先じゃないとまず読みこなせないでしょう。だから思いきって持ってきたんですよ」

「それにしても、限度ってものがあるんじゃないの。こんなに重たくて、こんなにむずかしいものを持ってこなくっても」

彼もそう思ったのだろう、ホテルのくず箱に捨ててきた。ところがチェックアウトして、車に乗り込もうとした我々一行に、インド人のホテルマンが駆け寄ってきた。

「忘れ物だ」

と息をはずませている。あの本を持っていた。そう豊かでない国で、立派な本を捨てるなどとは考えられないことなのであろう。そしてその「ユダヤ人問題とシオニズムの歴史」の本は、今私の本棚にある。

「旅路のはてまでついてくる〜」

案外好きな男や女というのは、こういうものかもしれない。くっついているのに、そう深い理由はないのだ。

春を乗り切る

この一週間というもの、ニュース番組を見るたびに気分が悪くなった。

ネズミのように怯《おび》え居直るオッさんを、若くて威勢のいいおネエちゃんがやっつける構図である。

鈴木宗男さんを弁護するつもりはまるでないけれども、辻元清美さんはさぞかしいい気持ちだったことだろう。

なにしろ相手が百パーセント悪い。何を言ったって世間が味方してくれる。それどころか、世の中の人々は、

「うんといびってよね、うんとこらしめてよね」

と、期待を持ってなりゆきを眺めているのだ。辻元さんは大張り切りで刀《かたな》を上げ、もはや追いつめられた宗男おじさんに向かっていく。

絶対安全なところから、他人を斬る。正義という名目で。こんな楽しいことはないだろう。多くの新聞、テレビが彼女に注目しているのだ。

「なんで嘘つくんですか！」

「あなたは疑惑のデパートといわれているけれど、疑惑の総合商社ですよ」

スポーツ紙やワイドショーの見出しになりそうなコピーを、ちゃんと考えてこられたようだ。

これは素直に認めるが、辻元さんはこの二、三カ月、見るたびに美しくなっていく。洋服のセンスも洗練されて、シンプルでとてもいい。国会での斜めからのショットも、顎の線がとても綺麗であった。人間、注目されるといかに磨かれていくかの、いい見本であろう。

けれども私は、やはり辻元さんを見るたびに、

「ケッタくそ悪いなあ」

と大阪弁でつぶやかずにはいられない。自分が正しいと信じ切っている、あの残酷さが本当に不愉快なのだ。

男性の議員は同じように宗男さんを追いつめるにしても、もう少し論理的に冷静にもっていこうという感じがある。

けれども辻元さんの場合、

「待ってました、キヨミちゃん」

という女剣劇のようなかけ声を、自分自身にかけているようなのだ。

などと思っていたら、今日のニュースで、辻元さんの事務所の政策秘書がユーレイ秘書で、不当に国からの給与を受け取っていたという疑惑を知った。

いつから日本の国会は、フランス革命の場となったのか。辻元さんはロベスピエールだったのかい。昨日政敵をギロチンに送った指導者が、今日はギロチンの露となっていく。

そもそも宗男さんのような大ゴミは別にして、政治家というのは叩けば多かれ少なかれホコリが出るものであろう。国会議員になって日も浅く、若くてシガラミもない辻元さんにホコリが出る余地などないと思ったが、いやー、叩けば出るものなんですね。いっそ週替わりで国会議員が参考人としてあの場に立つというのはどうだろうか。議員が叩き合う図を、国民が見て楽しむのだ。

そしてこのあいだサッチーの初めての公判も開かれた。私はこの人のことが最初から好きではなかった。毒舌だけで商売が成り立ち、講演依頼やテレビ出演がひっきりなしということも異常だ。それどころか彼女は、小沢一郎さんに乞われて衆議院選に出馬したのだ。この時は怒りをとおり越し、呆れてしまった。

私は当時この連載ページで、

「新進党はこれで少なくとも二十万票は失ったわよね」

と書いたが、怒っていた人はそれほどいなかった。

あの頃マスコミは、彼女の過去も行状もみんな知っていたはずなのに、「サッチー、サッチー」と持て囃《はや》した。それが手のひらを返したような今の仕打ちである。

私は近いうちに、例の叶ナントカもボロが出てくると思っている。その時に「恭子サマ」「美香サマ」とやんごとなき方々のように彼女たちを持ち上げてきた人たちは、ちゃんと二人を守らなくてはならない。サッチーの時のような手のひら返しは、絶対にやめて欲しい。いくらマスコミとはいえ、そのくらいの節度は持ってもらわなくては。

そして極めつけは「山形マット殺人事件」の判決であった。私はご両親の胸のうちを思うと涙が出てくる。こんな判決文で誰が納得出来るものか。

誰が考えたって、少年がひとりでマットに入り込み、自分でぐるぐる巻きになれるわけがないではないか。

子どもの頃、愚図で何をしてもトロかった私は、よくいじめっ子の標的になった。集団心理の怖ろしさを、今でも記憶している。十三、四歳の子どもでもサディストになり得るのだ。

それが全員無罪とは、いったいどういうことなんだろうか。

「本当にケッタくそ悪いなあ……」

と、もやもやした心で家を出た。今年は桜が早い。うちのまわりの住宅地の庭の桜が、もう三分咲きになっている。

「地球温暖化は確実に進んでいるんだよね。今年の夏は暑いぞー」

とある人が言ったが、今だけはそういうことは考えずに花を楽しみたいと思う。三色スミレ、木瓜《ぼけ》の花、スイトピー、駅までの道は庭の花々のディスプレイコースである。

昨夜はおいしい中華料理を食べた。帰りに友人の奥さんが、小さな包みをふたつくれた。

「今日、下町に遊びに行ってきたんでこれをどうぞ」

家に帰って中を開けると、貴重な和菓子であった。春になると必ず女性誌で特集される「長命寺」の桜餅と、「言問《こととい》団子」である。白あん、こしあんと並べられた団子の美しさ。きめ細かく艶《つや》を持ったあん、ぽっちゃりとした丸さが何とも愛らしい。ダイエット中の身であるが、この誘惑にうち勝つことは出来なかった。うんとおいしい玉露を入れ、一個いただく。これで一個だけですめば、私も大物になれるのであろうが、もう一個手を伸ばし、ついでにもう一個いただく。

「食べ過ぎだ。もうやめなさい」

夫に注意されたがもう止まらない。

口の甘みを消そうと、夫が寝た後、昼間いただいた「豆源」の豆菓子を口にする。一袋。

こんな嫌なことばっかり続いて、食べずにいられるかい、と私はうそぶいている。桜餅やお団子を食べる楽しみなくて、どうしてこの春を越せるだろう。

まだイケる

最近もの忘れがひどい。

「トシのせいかなあ、このままいったらどうなるか、もう心配で、心配で……」

と言ったところ、大丈夫と人から慰められた。

「ハヤシさんのもの忘れがひどいのは、ずうっと昔からだもん」

確かにそのとおりであるが、この頃の記憶力の無さは、何かの前兆ではないかと怖くなるほどだ。

一カ月前、春の訪れはまだまだで、肌寒い日が続いていた頃だ。私は夕食に鍋を思い立つ。が、いつもの豆腐鍋や寄せ鍋ではなく、ブイヤベースをつくることにした。魚貝類がたくさん入る、おしゃれなフランス料理である。出来るだけ多くの種類の魚や貝を使うのが、おいしさの秘訣だ。

私は材料を、カゴに入れながら、えーとと声をあげる。

「ブイヤベースの中に入れる、赤い香辛料って何だったたっけ?」

パプリカでもないし、クローブでもない。とにかく赤く、ちょびっと瓶の中に入っているものであった。が、どうしても思い浮かばない。

「ちょっと、すいません」

私は近くにいた店員さんに声をかけた。

「あの香辛料が欲しいんです。えーと、あれの中に入れるやつ……」

どうしたことであろう、今度はブイヤベースという単語が出てこないのだ。

「あれ、あれですよ。ほら、魚とか貝をぐつぐつ煮る料理。ムール貝が入っておしゃれな、フランス風寄せ鍋です。レストランでも人気の一品です」

連想ゲームの様相を呈してきたのである。店員さんはやっていられないという表情だ。

「この香辛料の棚になければありません」

と、つれない返事である。私は口惜しさと腹立たしさのあまり、今日の献立をやめにしようと思った。けれどもこれから地下へ行き、せっかく集めた魚や貝を、再び元の場所へ返すというのは大変な労力だ。

いっそのこと、ただの寄せ鍋ということにしようか。しかしムール貝はどうなる。あれは絶対にふつうの鍋では異和感がある。やはり、あのナントカというフランス風鍋をつくらなくてはいけない。しかしこうしているうちに、時間はどんどん過ぎていく。思い出さない。が、引き返すことは出来ない。私はジレンマのあまり頭がヘンになりそう。

その時、奇跡のようなことが起こった。ふと目を上げた先に、いろんな缶詰めがあり、その中に、

「ブイヤベース用魚スープ」

という文字を見つけたのだ。ああ、嬉しい。鍋の名前がわかっただけでなく、アンチョコも手に入れたのである。

そして昨夜のこと、ものすごく高価なステーキをご馳走になった。その方は、

「美女におごるのが僕の趣味」

といつもおっしゃるので、私も遠慮せず（?）いろいろなものをいただくことが出来るのだ。

サーロインステーキも、信じられないほどの美味だったが、その方は、

「おうちの方に」

と、ローストビーフのお土産を包ませてくださったのだ。それが今夜のうちの夕食となったのだが、問題が生じた。

ローストビーフにつけ合わせで出てくる、「西洋わさび」と呼ばれるものの名前を、私は思い出すことが出来ないのだ。

スーパーで聞くのは前回でこりたので、私は傍にいた友人たちにクイズ形式で問うた。

「ローストビーフについてくる、白くて、すってあるものは何でしょう」

ひとりが即座に答えた。

「ホースラディッシュ」

そお、それ、そのとおり。教えてもらったそれを、さっき買ってきたばかりである。ホースラディッシュを大根おろしですっている途中、私の手が止まった。テレビから流れてくる音楽のせいだ。山口智子さんが出ている日本茶のCMである。ジャニス・イアンの「Will You Dance?」のメロディを聴いたとたん、私の胸がざわざわと揺れた。いや、揺れたなんてもんじゃない。何という曲か知る前に、体と心が勝手に反応してしまったのである。息苦しいほどせつない感情。これがわくというのは、いったいどういうことであろうか。

パブロフ（この名前で間違いないよね）の犬のように、この曲を聴いたとたん、私の心はへなへなになってしまったのである。

この曲には、いったいどんな思い出があるんだ。

何度も流れるCMなので、もう一度耳をすませて聴く。都会的な綺麗な曲で、私はこれをしょっちゅう聴いていた記憶がある。それも毎日だ……。

あっ、少しずつ私の頭の中の霧が晴れてきた。

今から二十年以上も昔、私は新人のコピーライターであった。コピーライターといっても、いつも広告プロダクションの同僚から、

「バカ、ドジ、デブ」

と悪しざまに言われる存在である。初めてもらった仕事を、今でもよく憶えている。それは新しいショッピングビルのオープンを伝えるチラシである。二十店ほどのテナントは私が手がけることになった。店の人からコメントをとり、それをコピーにつくり上げる作業はそうむずかしくなかったが、鉄板焼屋や、洋品店のおじさんからの要求はかなりきつかった。

12行×5などといった、今なら五分で出来る仕事に私は手こずった。何度やっても書き直しを命じられ、ほとんど半徹夜の日々だったと記憶している。

参宮橋の六畳トイレつきのアパートにぐったりと帰ってくる。ビンボーだったから、暖房器具は電気ゴタツだけだった。そこで原稿用紙にペンを走らせていると、疲れからいつのまにか私はうとうとしてしまう。その時に流れてくるのは、このジャニス・イアンの歌だったのである。深夜に再放送していた、かの名作「岸辺のアルバム」のテーマ曲であった。

私の記憶力が答えを出すよりずっと先に、体がまず反応してしまった。音楽ってなんてすごいのだろうか。そして私も、そう退化していたわけでもなさそうだ。

脳ミソぶんぶん

今、この原稿をフランスはトロワの、十五世紀の民家を改造したというホテルで書いている。

「よくもまあ、しょっちゅういろんなところへ行って遊んでいるもんだ」

と思う方もいるかもしれない。

話は昨年のことになる。私は「フランス旅の親善大使」というのに任命された。これはフランス政府観光局とエールフランス航空が主催するもので、毎年三人ぐらいの人を選び、その人たちにフランスに旅行してもらうという趣旨のものである。

この旅はどこかのメディアに出ることが条件になっており、パリ以外の地方へ旅することが決められている。

というのも、このキャンペーンの企画意図は、

「パリから先のフランスへ」

というものだ。つまりフランスというのはパリだけではない。地方にも素晴らしい都市があるということを、日本人に知ってもらおうという目的なのである。

私は某女性誌のグラビアとチームを組むことになり（そうそう、ついでに「週刊文春」もね）、出発は十月と決められた。ところが九月のあのテロである。

深刻な顔をした編集長と話をした。

「パリコレも行かないところが多いし、出版社でも、海外出張禁止にするところがいっぱい出てきました。今、ハヤシさんがフランスへ行くとしたら、こちらでは責任がとれません」

そんなわけでずっと延期ということになっていたのだが、年が明けてからバタバタと計画が再開されたのだ。

「ハヤシさん、フランスのどこへ行きたいですか。会いたい人、やりたいこと、何でもおっしゃってください」

そう言われてもなあ。フランスはどこへ行っても風景はいいし、食べものも素晴らしい。

「どこへ行きたい？」

というのは、難問中の難問である。

が、おいしいお酒が飲める、ということでシャンパーニュ地方とブルゴーニュ地方を旅することになった。どちらも一度だけ訪れたことがあるが、今回のようにじっくりと滞在するのは初めてである。

私のダイエットの先生は言った。

「フランスへ行って、節食しろとは言いません。ストレスの元になりますからね。でもせいぜい一キロぐらいにして、あとは帰ってきてすぐに戻しましょう」

私はこの言葉を、

「フランスへ行ったら、好き放題食べてもＯＫ」

という風に解釈した。そしてこれはどんどん拡大解釈される。

「ということは、今日からフランスへ来ていると思えばいいんじゃないかしらん」

たまたま会食の機会が続いたのであるが、私はパンはおろか、パスタ、デザートの類《たぐい》までですべてたいらげた。

それればかりではない。

長い旅行に出かけるとなると、かなり集中して原稿を書く。ちょうど月刊誌の小説の〆切りと重なるため、毎日三十枚、四十枚といったペースで書き続けた。

そんなによくない頭を酷使するという作業は、脳ミソもつらいが持ち主もつらい。ある時あまりにも疲れたので、貰いもののチョコレートをひと口食べたところ、はっきりと脳ミソが動き出したのである。誇張ではなく、はっきりとブンブン動き出したのだ。

仲よしの柴門《さいもん》ふみさんは、よく、

「私はカカオ中毒にかかっている」

と言う。チョコレートなしでは仕事が出来ないそうだ。私はこの感覚がわかるような気がし始めた。

こうして一週間前からチョコを食べ、夜食におにぎりを頬ばる生活を続けた。

偶然にも、フランスに発つ日は、私の誕生日である。前日は、中華レストランで友人たちがシャンパンで祝ってくれた。そして次の日、私はシャンパーニュ地方のランスという街にいた。ここは昼間からシャンパンを飲む。アペリティフも、ランチの際のお酒も、すべて黄金色の酒にするのがならわしである。

私はここで、十年分の誕生日をしたようだ。とにかくシャンパンづくしなのである。

一夜明けると、素敵な朝食が待っていた。パリに行ったことがある人なら、朝ごはんのおいしさを知っているはずだ。田舎だともっとすごい。

焼きたてのパンは、全粒粉、クルミ、レーズン入りのハードタイプのものから、クロワッサン、甘いペストリーがどっさりと籠《かご》に盛られてくる。新鮮なオレンジジュースにハムとチーズ、ヨーグルトに数々のジャム、忘れてはならないのが本場カフェ・オレである。大ぶりのカップにミルクとコーヒー、同時についでくれる。

恥ずかしながら、朝からパンを四個食べた。昼はもちろんシャンパンを飲む。

今日ジーンズをはこうとして、真青になった。ジッパーがなかなか上がらないどころか、前の方に三角形のシワが出来つつあるのだ。これが発生したら、二度とジーンズをはいてはいけないとされるあの三角形である。

旅の間、デブになるのは私の宿命のようなものであるが、今回は違う。ファッショナブルな女性誌に、オールカラーで登場するという使命を帯びているのだ。洋服だって自分がスタイリストになり、いっぱい持ってきた。靴も四足持参し、とっかえひっかえ着替えることになっている。が、ジッパーが上がらなくなる、という事態が生じているのだ。

何とかしなくっちゃ。

食べることばかり書いたが、昨日到着したトロワは本当に美しい。街全体が十六世紀に建てられた、木骨組みの家で出来ている。そういう家が壊されずにCDショップやレストランとして普通に使われているのだ。それどころか日本だったら、重要文化財に指定され観光バスが停まるような建物が、どうということもないアパートになり、ちゃんと人が住んでいる。しっかりと保存はされているが、文化財にはならず機能している。それも街ぐるみでだ。

こういうものを見ると、歴史、というよりも時間の流れという認識において、日本人とフランス人（ヨーロッパ人か）という人種はまるで違うものだと思わざるを得ない。熟成させる人と、破壊して新しいものをよしとする人との差だ。

こういうものを、脳ミソを回転させてちゃんと見てこようと思っている。多少のぜい肉は仕方ないかも。

美味求真が崩れる時

ブルゴーニュといえば、言わずとしれたワインのメッカである。

ここへは一度訪れたことがある。そう、このページにも五年前に書いたことがあるが、某男友だちと行ったのである。

ジュネーブの大使館に出向していた彼が、車でパリまで来てくれ、二人でブルゴーニュ地方の都市ボーヌへ出かけた。もちろん日帰りで、彼とはジャスト・フレンドの仲ではあったが、それでもやっぱり楽しかったわ……。

「ま、外交官と人妻の、〝パリのしのび逢い〟っていうところよね」

と女友だちに自慢したところ、

「両方を知らなきゃ、素敵な話に聞こえるけど」

とせせら笑われたものだ。

ま、そんなことはどうでもいいが、今回はボーヌに二泊し、じっくりとブルゴーニュの魅力にひたることになっている。

案内してくれたガイドのA子さんは、日本でOLをしていたがワインの魅力にとりつかれ、すっぱり辞めてこちらに来たという。ブルゴーニュ大学の醸造科を出て、普段はこちらにワイン関係の仕事でやってくる人たちの、通訳やコーディネイトをしているそうだ。

その彼女をもってしても、ロマネコンティを飲んだことがないというから驚く。私はうちのワインセラーに眠っている、七一年産のロマネコンティを思い出した。十六年前、直木賞を受賞した時、出版社からいただいたうちのお宝ワインである。

「今なら七、八十万円はするかもしれませんよ」

というA子さんの言葉にひえーっとなる。ためしに地元のワイン屋さんへ行き、下のカーヴでロマネコンティを見せてもらう。値段を見ると、日本円にして百万近いという数字が並んでいて目を見張る。

私は日本にいる、ワイン好きの友人たちを思った。ワイン愛好家というのは、どうしてあんなに太っ腹なんだろう。時々ではあるが、ロマネやペトリュスの栓を抜いてくれるのだ。

「僕のいちばんの幸せは、いいワインを友だちと飲むことだから」

と、私の高校時代のクラスメイトは言うけれど、どうして彼はあんなにいい人になったんだ。

私は人に食事はご馳走することはあっても、ヴィンテージワインをおごろうとは思わない。あれほどはかなく、高価なものはないからである。

とはいうものの、せっかくここまで来たのだからと、A子さんのアドバイスにより、七九年と九九年のモンラッシェを二本買った。二本で五万円ぐらいか。今度の「ワインの会」に持っていこう。そしてこのあと、黄金の丘と呼ばれる葡萄畑を見に行く。

途中車の後ろの席に座っていた、「マリ・クレール」パリ特派員のB子さんが、看板のスペルを発音する。

「イ・チ・ミ・ヤって、何のことかしら」

「一宮、一宮よ。私の故郷の隣り町よ！」

山梨の勝沼町とボーヌとが姉妹都市になっていたのは知っていたが、勝沼と接している一宮も近隣の町と、姉妹都市になっていたのである。

やがてマイクロバスは、ロマネコンティの畑に到着した。ここはやっぱりエラそうで石塀が囲っている。そう広いものではない。が、ここから巨万の富をもたらすものが生まれるのだ。ワインというのは、現代の錬金術ではないだろうか。

そして夜は、ボーヌのひとつ星レストランへ向かった。ここはややヌーベル・キュイジーヌ風の軽やかな料理が出る。といっても、ワインはもちろん、チーズ、デザートまで食べるのでかなりのボリュームである。

私はフランスに来てから、朝食はカフェ・オレに焼きたてのパンをどっさり、昼、夜はワイン付きフルコースという食事をしている。

今回はチーズをやめておこうと思うものの、こちらのレストランでは地元のチーズがどっさりと出てくる。ワインとチーズというのは、産地が近ければ近いほどいいマリアージュと言われるが、ブルゴーニュのワインに、ブルゴーニュの特産チーズがいっぺんに出てくるのだ。手を出さないわけにはいかない。

デザートだって、いろいろ工夫してあっておいしそうだと、つい口にしてしまう。

こうしてフルコースで食べていくと、昼食に二時間、夕食に三時間はたっぷりとかかる。一日のほとんどが食事に費されているっていう感じだ。

「フランス人はとにかく喋ります。あんまり喋り過ぎるからイヤ、って離婚した日本女性がいます」

ところの人は言ったが、少しわかるような気がした。話が面白くない人間と、この長い時間つき合うことは不可能なのだ。誰だって喋り好きになるだろう。私たち一行は、日本から来たカメラマン、「マリ・クレール」の特派員、東京から同行してくれたフランス政府観光局勤務の日本女性、編集者といった面々である。たまに地元の観光局の方が混じってのヨコメシになるが、たいていはこのメンバーである。二時間も三時間も食っちゃ喋っているうちに、お互いの身の上はすっかりわかるようになった。

みんないい人ばかりで、最後はパリで解散する時、涙が出てきそうになったぐらいだ。とにかくここで一応取材は終わり、自由行動ということになる。私はこちらの知り合いと待ち合わせをし、日本料理店で、ラーメンと親子の半丼を食べた。そして次の日は、鉄火丼と鶏のカラ揚げというメニュー。「フランス料理求真の旅」と張り切ってきたのに、この日本人的崩れ方が情けない。

が、夜行便に乗る前に私がとった最後のディナーは、「ステラマリス」のお食事。フランス人も絶賛する、日本人経営のお店だ。繊細な前菜が何皿か続いた後、絶妙な焼き加減のブレス鶏のローストが出た。このおいしいことといったら……。デザートのオレンジスフレも、もうたまりません！

そして飛行機の中、私はスーツのパンツのジッパーを半分下げていた。九日間で、それ以上上がらなくなったのだ。ずり下がっているのをコートで隠した。

手にしているのはモンラッシェ、服の下にはぜい肉、これをお土産にして日本に帰ります。

ついていない

時々行くお鮨屋さんのご主人に、こう言われたことがある。

「ハヤシさんみたいな人のことを、クチバシが長いって言うんだよ」

ものすごくいいコハダが入った。そういえばうちの客で、コハダに目のない女がいたっけなあと思うと、ガラガラと戸を開けて、何カ月ぶりにその女こと、私が入ってくるというわけだ。つまり食べ物に関して私はとてもついている、ということらしい。

そういえば今週、めったに予約出来ない天ぷら屋さんが一発で席を取れた。二日後には予約が取りづらいことで有名な、浅草の鴨鍋屋へ行くことになっている。とにかく食べる、ということに関して私はとても恵まれている。

が、ついていないことが幾つかあり、いきつけのエステサロンがかなりの確率でなくなる、ということもそのひとつであろう。

私ぐらいの年頃になると、ほとんどがいきつけのエステサロンを持っている。私の場合忙しくて、せいぜいが月に一回か二回であるが、それでも半裸の体を横たえ、マッサージをしてもらうのは至福の時である。

が、好みのところを見つけるのに、どれだけ苦労したことであろう。清潔で広い個室があり、しかも抜群のテクニックを持ったエステティシャンがいるところ、などというと、探すのは至難の技なのである。すごくうまいエステティシャンがいると聞いて行くと、隣りのベッドとはカーテン一枚で隔てられていて野戦病院のようであった。安くていいよ、と教えられて行くとタオルもろくに替えてくれない不潔さだ。

とにかく一時間半から二時間、疲れきった女が、美しくなる願いも込めて目を閉じている場所なのだ。うんとリラックス出来るところでなくては困る。

このところ私は、とても気に入ったエステサロンを見つけ、そこへ通っていた。広いフロアにたった三つの個室しかない。すべてがゆったりとしていて、インテリアやお花も素敵。何よりも素晴らしいのがエステティシャンで、二時間半というものずっとハンドでやってくれているのである。

エステだから手を使うのはあたり前だろう、というのは男の人のイメージで、安いところや未熟なところはやたら機械を使う。パックと称して三十分放置されたこともある。けれどもそのサロンは、ずっと丁寧に最初から最後まで、手を動かしている。最後は手のマッサージをしてくれるのだが、そのツボの押さえ方といったら、あまりの気持ちよさに声をあげてしまうほどだ。

が、先週案内が届いた。経営を別のところへ譲るという内容だ。私の好きなあのサロンはなくなってしまうらしい。

今日久しぶりにそこに出かけたら、担当のエステティシャンも、

「私もどうなるかわかりません」

と目を伏せた。私は愕然とする。これで四回目だ。以前にもこれと同じようなことがあったのである。

二回目はとても悪らつで、以前私が住んでいたマンションの真前に、エステとジムが出来た。ドアツードア一分という地の利のため、さっそく会員となったのだが、一年もしないうちに潰《つぶ》れてしまった。次に経営を引き継いだのは、青山にある有名なエステサロンだ。

「特別会員にしてあげます。特別に半額でいい。けれど今週中に必ずキャッシュで持ってきて」と女社長が言った。

半額でもかなりの金額で、キャッシュというのが何やらキナクサイ、と思ったら案の定一週間後に倒産だ。行きがけの駄賃に、少しでもお金をかき集めようとしたらしい。

が、今度のサロンはそんなことがなく、とても良心的で優雅なところであった。が、

その優雅さが裏目に出て、経営が大変だったらしい。
「こんないいところ、もう見つからないかも」
残っているチケットを精算しますという担当者に別れを告げ、私は地下鉄に乗った。次の用事までぽっかりと二時間空いてしまった、とりあえず銀座へ出て買物をしようと思ったのだ。

デパートで夫の湯呑みを買う。このあいだまで使っていたものを、うっかり割ってしまったのだ。

その後洋服をざっと見たのであるが、着実にデブになっているのと、パリでお金を遣い過ぎたという二重苦のため、何も買うことが出来ない。こうなるとデパートめぐりもつまらないものである。

まだ約束の時間まで一時間ある。本でも読もうかと喫茶店を探したのであるが、銀座でもスターバックスとドトールの看板がやたら目立つ。長居が出来ないところばかりだ。しばらく歩いてル○ア○ルを見つけた。ダサいけど仕方ないかも。

席に着き、私はぼうっと窓から外を見つめる。人がよく「トランス状態」と言う私の虚脱の時である。自分では気づかないが、目が虚《うつ》ろになってかなり怖いそうだ。

やがて一時間たって私は立ち上がった、そして次の場所へ着き、真青になる。腕時計がないのだ。ああやっぱりと叫んだ。

腕時計に関しても私は実についていない。二年前、腕時計のベルトがすり切れて、金具のところがぐらぐらしていた。そのままにしていたところ、鹿児島の空港で落としてしまったではないか。そのまま出てこない。昔、ウイーンで買ったカルティエである。当時の私には高価で迷っていたら、一緒に居た森瑤子さんがおっしゃった。

「旅先で気に入ったものは買わなくっちゃダメ。後で後悔するわよ」

あの森さんの声ははっきりと憶えているのにその時計がない。今回なくなったのもカルティエである。ああ、私はこういう運命かしら。時計には本当についていないと、涙が出てきそう。

が、ハタケヤマ嬢が電話をかけまくって見つけ出してくれた。私の時計は他のお客が届け出てくれたのだ。

ル〇ア〇ルにしてよかった、ふらっと入った店では、私のことだ、おそらく喫茶店の名前を憶えていなかったことであろう。みなさん、ありがとう。

新学期

新学期が始まった。

新しい制服に身をつつんだ一年生が、緊張しながら歩いているのを見るのも楽しい光景である。

わが家のまわりは静かな住宅地であるが、朝、駅に向かうと何人かのサラリーマンとすれ違う。ひと目で新入社員とわかる人たちだ。みんなどこへ行くのだろうかと不思議に思っていたのだが、夫が教えてくれた。

「近くに銀行の研修所があるんだよ」

電車の中で、やはり新入社員らしい青年が居眠りをしていた。そしてケイタイが鳴って飛び上がる。空いていた電車なので、その場で喋り始める。ふだんだったら電車の中でケイタイなどと、むっとくるところであったが、彼の口調がいかにも新人っぽく微笑ましくなった。

「すいません、すいません」

ケイタイに向かってしきりにお辞儀をしているのだ。さっそくミスをやらかしたのであろう。

話し終えるとふうっとため息をつき、そして深く目を閉じた。何かに必死に耐えている風であった。そりゃ、そうだ。昨日まで学生というお気楽な身分で、飲み会をしたり、女の子と遊びに行ったりしていたのである。それが社会人になったとたん、過酷な現実が待っていた。今ひどく不当な目に遭わされているような気分に違いない。これは私の勝手な想像であるが、顔つきからして、パッとしない大学を出て、入りたくもなかった会社の営業をやらされている感じである。けれどもフリーターにならなかった分だけエライ、エライ。

「とにかく頑張ってよ」

私は心の中でエールをおくった。

ところで新学期というのは、私にとってまた別の意味がある。四月一日生まれの私にとって、新学期イコールひとつ年をとることなのだ。

最近私のホームページに書き込みをしてくれる人が増え、大層嬉しい。けれどもこんなのが幾つかあった。

「今日はハヤシさんの誕生日なんですよね。年を聞いてびっくりしました。結構いってるんですね」

そお、そおなんですよ。我ながらよくこの年で、流行の服買ったり若い人と遊んだりすると思うけれど仕方ない。ある程度の年になると、諦念のようなものが生まれてくるのも事実だ。私はお正月を過ぎると、自分の年に一を加える。早くから心構えをしておくためである。

けれども反面、悪あがきはかなりしているかもしれない。忙しいのでめったには行けないが、エステサロンで顔の手入れをし、体操をして高いクリーム（貰いもんですが）をなすりつける。

けれども新学期が来るたびに私は確実に年とっていくのだ。

「ハヤシさんって若いわ」

とよく言われるが、それは、

「年のわりには」

という前置きがあるのだとひがんでしまう。最近自分でもシミやシワが増えたとはっきりわかるからだ。

そんなある日、ダイエット仲間である友人が、こんな話をしてくれた。

「これからは脂肪吸引しかないと思って、お医者さんのところへ行って調べてもらったら、みんな内臓についている脂肪だからダイエットしかないんだって」

でも近くにある、とてもいい美容整形医だから紹介したいと言う。名前を聞いたら、六本木男声合唱団のメンバーではないか。

「じゃ私も、ボツリヌス菌注射をやってもらおっかナ」

と冗談めかして言ったら、

「ハヤシさん、それ、それ」

その人が真剣に言う。

「すごい威力らしいよ。美容整形しなくても注射一本で、シワがぴんとなるんだって」

「でも私、苦《にが》い経験があるからな……」

二年前のことを憶えておいでだろうか。アメリカでの講演会に出かける私に、若い女性編集者たちが休暇をとって従《つ》いてきてくれた。みんなでビバリーヒルズの高級エステに行き、ついでだからとこれまたハリウッド女優ご用達という美容整形医を訪ねた。日本でも話題になり始めたボツリヌス菌を、本場で射《う》ってもらおうと思ったのだ。

けれどもその医師は、あっさりとこう言い放ったのだ。

「あなたの目の下の、その深いシワは注射ではダメ。ちゃんと美容整形をしなさい」

がっくりしてしまった経験をその方に話したところ、しきりに手をふる。

「何言ってんのよ、ハヤシさん。あの技術は日進月歩なんだよ。二年前ダメだったことは今じゃいいかもしれない。半年ごとに注射しなきゃダメみたいだけど、ボツリヌス菌やってみたら？」

そう言われて私もだんだんその気になってきた。医師の連絡先も聞いた。折しも女性雑誌のグラビア撮影という仕事が入っている。アップの写真だ。

「菌が効いてくるまで三日かかるというから、私それまでにこのお医者さんのところへ行って注射してもらってくるわ」

「ちょっと待ってください」

とハタケヤマ。

「そういう注射でヘンになったっていう記事、どこかで読みましたよ」

「『週刊文春』の特集じゃない」

「それに中村うさぎさんの友人が、ボツリヌス菌を顔に射《う》ったら、表情のないおかしな顔になったそうですよ」

「そうだ、思い出した！」

さっそくうさぎさんに詳しい話をお聞きしようと思ったのだが、私は連絡先がわからない。以前だったら「週刊文春」の二人の担当者が同じ人で、何か伝えたいことがあったらその人を通せばことが済んだ。

けれども今、出版社も新学期シーズンである。たくさんの編集者が異動となった。昨日まで編集者だった人が、今日からふつうのデスクワークに就《つ》くことになったりもする。そんなわけでうさぎさんとの縁が断たれてしまったのだ。今週の彼女のページを読んで研究するしかない。

うさぎさん、ありがとう

　この二週間は全くさんざんであった。連休の始まりの頃、とある劇場へ行った。外に出ると、四月の末とは思えない寒さである。

　車が拾えるところまでかなりの距離歩いたのだが、ガタガタと体に悪寒が走ったぐらいだ。そして私は、

「お、くるな」

　と確信を持った。こういう時、人間は風邪をひくのだなという、長年にわたる勘である。エバるぐらいなら、そのまますぐに帰ればよかったのであるが、その後は上野の芸大へ行くことになっていた。この中の奏楽堂というホールで、在学生のお披露目コンサートがあり、知り合いが出演することになっているのだ。花束を持って必ず行くと約束していた。一生懸命歌の勉強をしてきて、今日が晴れのデビューなのだ。

「林さんにぜひ来てもらいたいんです」

と手紙と切符が送られてきた。

私、こういうけなげさに非常に弱い。

「寒いから、上野で何か買おうかな」

と思ったものの、はっきり言って欲しいものもない。家に帰れば、上着もコートもいっぱいある。あと、二、三時間の辛抱じゃないと自分に言いきかせた。

が、こういう時にも喰い意地は張っていて、グルメブックに出ていたトンカツ屋に行こうと思い立つ。一緒にいた男性が、こまめにあちこち電話してくれて、二人でとあるトンカツ屋に入った。けれども時分どきだというのに、客は私たち以外にひとりしかいないのだ。

「ねえ、お店、間違えたんじゃないの」

「なんだか客もいないし、しんとしてますね……」

やがてトンカツが運ばれてきたが、ふにゃっとしていてあまりおいしくない。不本意なものを食べると、私はとたんに不機嫌になって元気を失《な》くす。とにかく上野の森に向かった。

若い人たちの歌声を聞けて、とても楽しかったのであるが、その次の日から私に病いの日々がやってきたのである。

最初は軽い風邪だと思っていた。が、帰郷した山梨でのんびりしていても、咳はとまらないどころか、ひどくなるばかりだ。医者に行こうと思ったのだが、ここまで保険証を持ってこなかった。

毎日三十八度近い熱が出る。この私が食欲がない。少しは瘦せるかも、というさもしい願望が、ますます風邪を長びかせた。

そして先日、東京の病院で診察してもらったところ、レントゲンを撮られた。二週間近くくすぶっているのはおかしいというのだ。診察の結果、気管支炎ということであった。もうちょっとほっておいたら、肺炎になっていたと言われてヒェーッと驚いた。いつから私は、これほど〝病弱〟になっていたんだろう。つい二、三年前まで、私は風邪で病院へ行くというのに抵抗があった。

田舎育ちの私は、風邪の時は「葛根湯《かっこんとう》」を飲み、おいしいものを食べて早寝するものだと思っていた。それが今じゃ、すぐに病院へ行き、注射してもらったり、点滴をしてもらうようになったのだ。

「ハヤシさん、このあいだテレビで言ってましたけどね……」

ハタケヤマ嬢がなぜか声をひそめて言う。

「ダイエットをだらだらやっている人は、すごく風邪をひきやすいそうですよ」

そういえば、この頑強な私が、しょっちゅう風邪をひくようになったのは二年前ダイエットを始めてからだ。このダイエット、ご存知のように目標体重までいかず、いつまでも続いている。このあいだのフランス旅行では、なんと十日間で四キロ増という数字を記録した。ゆえにダイエットにまた励まなければいけないのだが、このことが体と心にかなりのストレスを与えているのではないかと、ハタケヤマ嬢は言う。

とにかく私は〝病弱〟になったのだ。昔から密《ひそ》かに憧れていた〝病弱〟。

私のまわりの女たちの中で、いちばんモテるのは何といっても、脚本家の北川悦吏子《えりこ》さんであろう。少女っぽく愛らしい容姿もさることながら、きゃしゃな体つきの北川さんはすごく体が弱いらしい。少食で好き嫌いも多い。すぐ具合が悪くなり、皆はハラハラドキドキするということだ。

私の場合、人からそれほど大切にもされず、適当にあしらわれるのは、この健康そうな体と大喰いのせいだったのかもしれぬ。

まあ病弱はおいおいやっていくことにして、そんなわけで私はこのところ、ずっと病院通いをしている。そして診察を待つ間にと、近くの本屋で雑誌を買った。

驚くなかれ、「25ans《ヴァンサンカン》」である。恥ずかしながら、この年まで生きてきて、この女性誌を買ったのは初めてだ。叶姉妹を世に送り出したおハイソな奥さま、お嬢さまの読む雑誌ということで、めくるページ、めくるページ、

「よくも私の苦手なタイプの女を、これだけ集めてくれたなあ」

と感心するぐらい、厚化粧の、なんか人生ナメてるような女ばっかり出てくる。今まで美容院で手にとるぐらいだったのに、今回自分で買ったのにはわけがある。それはもちろん、中村うさぎさんの化粧品とボツリヌス菌体験レポートが出ているからである。

うさぎさんは「週刊文春」のページで、

「何でもいいから若がえりたーい」

と書き、それが「25ans」の編集部の目にとまったそうだ。私だっていろいろ書いているのに、こちらは全く無視しているのね。

まあ、そんなことはどうでもいいとして、うさぎさんの若く美しくなられたことに私は目を見張った。元々目鼻立ちのはっきりした美人であるが、施術後はすっぴんでも女優のように見える。

「週刊文春」ではネガティブなことを書いているうさぎさんだが「25ans」では、

「諸君、私は心から感服した」

とある。

そして私は点滴を受けながら決心した。預金をおろして、あの化粧品を全部揃えよう。そしてボツリヌス菌を注射しよう。ここんとこ何もいいことがなくくすんでいたが、おかげで大きな目標が出来た。よし、私もやる。うさぎさん、ありがとう。

日記の効用

先日片づけものをしていたら、古い日記が出てきた。

五日間しか書かれていないことに、我ながら呆《あき》れてしまったけれども、読んでいて実に面白かった。なぜなら独身の頃何をしていたかわかったからだ。

「○○さんとご飯を食べ、朝まで飲んだ」

とある。○○さんというのは、当時仲がよかった編集者である。どうも私は、毎晩のようにどこかに遊びに出かけ、次の日の午前三時か四時に寝ていたらしい。起きるのは昼過ぎで、それからだらだら仕事をしていた日々を、ぼんやりとであるが思い出した。

今、起きるのは朝の六時半だから、約六時間ずれた生活をしていたことがわかる。違う人間の生活だ。

当時のことを記録しておかなかったのが、今となっては悔《くや》まれる。どんなものを食べ、どんな夜を過ごしていたのか、ほとんど忘れているのだ。私という人間が昔から早起きで、きちんとした生活をしているような錯覚さえ起こす。しかしこれはとんでもない話で、結婚前の私というのは、昼と夜をひっくり返したような生活をし、お酒をかなり飲んで流行の店に出入りしていたことが、五日間の日記でわかったのである。

バブルの時代の様子も、もっとちゃんと書き記しておけばよかった。今なら五千万六千万クラスのマンションに、四億とか五億というとんでもない値段がついた不動産のチラシもとっておけばよかった。

三年前「ロストワールド」という小説を書いた。バブル時代の東京を描いたものである。その時いろんな人に取材したのだが、わずか十三、四年前のことなのに皆の記憶はどこかへ行っていた。

けれども建築家の友人は、きっぱりとこう言ったものだ。

「あの頃、山手線内に一坪一千万円以下の土地はなかったね。それを結構ふつうの人たちが買っていったんだよ」

あの時、私がどんな人たちと遊び、どんなものを食べ、どんなお店に出入りしていたか、本当にちゃんと書いておけばよかった。

そして私は決心したのである。

「よし、日記を書こう。毎日書こう」

こう思ったのは二度めのことである。一度めは大学卒業後、アルバイトをしながら職を探していた時だ。こんなみじめでつらい日々は、私の人生において二度と起こることはないだろう。だから後でこれを読んで、今の恵まれた（！）身から眺めていい気分になれるよう、ちゃんと記録しておこうと思ったのである。この時は半年ぐらいちゃんと書いた。しかし後が続かなかった。この日記以来、私はちゃんと書いたことがない。日記を書く根性と時間から、どんどん遠ざかっていくばかりだ。

が、今年私は力強い味方を得た。通販で買った十年連用日記である。人が知りたいのは、日々の心境よりもむしろ、

「昨年の今日、私は何をしていたのか」

ということではないか。この日記は一ページに十年分が書けるように工夫されている。ひと目で比べられる仕掛けだ。一日に書くところは、わずか四行なのがいい。自分の心情を延々と綴る日記など一月も続けばいい方だ。ごく事務的に何をしたか、と書くようになっているところが気に入った。

私のことだから、すぐ半月、いや一カ月近く日記をためてしまう。けれどもスケジュール帳を元に、その日あったことを短く書き残しておけば済むのでラクチンだ。この日記が真価を発揮し、面白さを増すのはおそらく来年から、比べる年が出来てからだろう。とにかく短いメモでよいので、私の日記は記録を更新中なのである。日記帳を買った

一月末から続いているのだ。そして日記を書いてわかったことがある。夫といかにケンカばかりしているかということだ。

私は日記の末尾に、

「夫の機嫌悪し」

「お互い口きかず」

「朝ものを言わず、プイと家を出ていく」

などと書いた。ちょうど天気のマークを書くように、夫の機嫌がいいか悪いかを書いたのだ。

それによると五月の中頃までに、私と夫のケンカしている日々は、ものすごい数にのぼったのである。

その日もちょっとしたことで口喧嘩になった。いつもならぐっと我慢するところであるが、私の頭の中には「記録」がある。

「ちょっとオ、あなたの怒り方って異常じゃないの。私、日記を書くようになってわかったのよ。一年間の三分の二、あなたは怒鳴ってるか、口きかないのよ。こういうのって、すっごくヘンじゃないの。わかってんの！」

大げさに数字をあげて反論したのである。おかげでさらに険悪な雰囲気になったのはいうまでもない。今、口を全くきかない日々の記録を更新中である……。

そして日記を書いてわかったことは、夫との喧嘩だけではない。いかに劇場に行っているかもわかった。一週間の間に五回を数えることさえある。歌舞伎、オペラ、ストレートプレイのお芝居、コンサート、いろんなものを観ている。特にオペラの数はすごい。しかしあまり私に聞かないで。

「へえ！　最近観たのは何？」

ぐらいならいいのだが、

「主役は誰だった？　ソプラノは誰？」

と聞かれるのがいちばん困る。私の頭の中に、カタカナを憶える回路はないのだ。

「えーと、チューインガムみたいな名前だった」

「前に〝ジ〟の字がつく」

などとヒントを出し、相手に推理してもらう。観るそばから忘れていって本当に口惜しい。

「今度、オペラ観劇日記を書こうかな。指揮者や歌手の名前はもちろん、誰と出かけて夜食に何を食べたかも書いておくの」

友人に言ったところ、イタリアにはそのための美しい本があるという。今度買ってきてくれる約束をしてくれた。

が、記録するのにこれほど興味を示すようになったのは、記憶力が退化していることの証《あかし》に違いない。

年をとるというのは、日記を書きやすくさせる。若い時は楽しいばかりで、記録するよろこびなど思いもおよばぬからだ。

◆ハズバンドのお仕事

有名人

最近会う人ごとに、必ずされる質問がふたつある。

「中村うさぎさんの真似して、ボツリヌス菌注射したの」

というのと、

「相変わらずダンナさんと喧嘩してるの」

というやつである。

結論から言うと、ボツリヌス菌は注射していません。知ってる人に紹介してもらい、あるクリニックに行ったところ、口のまわりや目の下といった動くところに、ボツリヌス菌は使わないということだ。その替わり化粧品にも使われているナントカというのを注射してもらった。三分間ぐらいで三万一千円であった。

直後はシワが薄くなったのであるが、十日たった今は再び深いシワが浮上してきた。

元に戻ったみたい。とほほ……。

　そして夫の方はといえば、実は私、あさってから北海道に遊びに行くことになっている。某ホテルのオープニングパーティーのため、東京から五百人が招待されるのだ。フォーマルの大夜会という、今どき珍しい超派手な集まりである。ふだん華やかなパーティーとは無縁の私であるが、いつも仲よくしているグループごと招かれているので行くことにした。

　またこれは言いづらいのであるが、六月は札幌へワールドカップを観に行くことになっている。友人がチケットを譲ってくれたのだ。ついでに温泉へ行こうという話もある。どちらも夫に留守番してもらうつもり。よって必然的に仲よくせざるを得ないのである。

　そんなわけで最近の私は、再び深くなったシワに悩みながら、夫の機嫌をとるために早く帰り、せっせとおいしいものをつくっている。お出かけするのは対談の時だけだろうか。

「週刊文春」の読者の方はご存知ないかもしれないが、私、二つの雑誌で対談のホステスをやっている。ひとつは「週刊文春」のライバル誌の週刊誌、もうひとつは「家の光」という月刊誌である。「家の光」は、地方の出身の人ならよく知っていると思う。JA、昔の農協が発行しているもので、一時期は百万部、今でも八十万部という発売部数を誇っている。日本でいちばん売れている雑誌だ。農家は必ずといっていいほど定期購読してくれている。ある意味で日本を支えている雑誌といえるだろう。

ところが欠点があって、唯一ネーミングが悪い。対談相手から、

「どこかの宗教雑誌かイヤだなあ、って思ったんだけど、相手がハヤシさんだから仕方ないって引受けたのよ」

と言われたことが一度や二度ではない。親しい人だからはっきり言ってくれるのであって、他の人も同じことを考えているかもしれない……。

とにかくこれだけ長く二誌にわたって対談をやっていれば、たいていの有名人に会える。本当に各界を代表するような人たちにおめにかかれた。これは私の財産だと思っている。が、その反面、あまりにも多くの有名人にお会いしたため、有難味が薄くなってきたような気がするの。ウブなところもなくなったのである。

たとえばレストランなどで、誰でも知っているような人とすれ違う。以前おめにかかったことがあるような……。

「あ、ごぶさたしています」

「こんにちは、お元気ですか」

ぐらいは挨拶をかわす。すると傍にいる友人の興奮していることといったらない。

「ちょっと、あなた、すごいじゃない。あんな有名人と知り合いなのねッ」

ちょっといい気分であるが、そんなに騒ぐほどのことかしら、という感じ。けれども

こういう気持ちを持ったら人間マズいぞ。有名人に会って、嬉しくなかったり、わくわくしなかったら、その人の感性はやはりどこか鈍っているのだ。

ところがおととい、私は心の底から興奮した。ものすごい有名人、いやスターと呼ばれる人たちをいっぱい見たのである。

もうかなり前のことになるが、このエッセイで舟木一夫さんのことを書いたのを憶えておられるだろうか。たまたま喫茶店のガラス越しに見た舟木さんが、あまりにもカッコよかったので感動したという話である。

あのことを舟木さんは長く心にとめてくださり、あれ以降コンサートに招《よ》んでくださったりという淡い交流が続いている。

それでデビュー四十周年パーティーにもうかがうことになったのだ。ビュッフェ式だろうと仕事帰りの気楽な格好で行ったら、ちゃんとした着席式であった。しかもテーブルのメンバーがすごい。目の前には、和泉雅子さん、山内賢さん、松島アキラさん、林与一さんなどがいらっしゃるのだ。私が子どもの頃、映画館の銀幕の中で仰ぎ見た方々である。といっても、今聞くと驚くほどスターの皆さんと私たちの年の差は少ない。私たちが十歳の頃、十五、六でデビューされていたのだからあたり前の話だ。

和泉雅子さんは、おかっぱによく似合うパンダの模様のお着物と帯だ。料理が運ばれるとナプキンを子どものように衿元から垂らし、おいしそうに召し上がる。よく笑い、よく飲む。

「なんて可愛い人なんでしょう。ぜんぜんぶってなくて、本当に天真爛漫な方よね」

と隣りに座っていた内館牧子さんがささやいた。

「いや、そんなに見ないで」

私たちの視線を感じたのか、和泉さんがナプキンで顔を隠して体をねじった。

「こんなに太っちゃって、昔の趣なんてまるっきりないでしょう」

でもその姿がなんともいえず愛らしい。たまたま挨拶にいらした舟木さんが笑いながらおっしゃる。

「いつもコンサートのジョークに使ってるんだよ。和泉雅子ちゃんは昔『小雪』だったけど、今は雪だるまだって」

映画「絶唱」の小雪ちゃんのことである。そう、あれは小学校の時、町の映画館で見て泣いたっけ。あの主題歌は今でも歌える。

私はその夜、本当に眠れなかった。昔のスターは今と価値が違う。ひと目会ったら、記憶やら感傷やらで人を眠れなくさせるほどなのだ。ああ、生きてきてよかった。私、本当に嬉しかったです。

ワインと旧友

私のダイエットは、言ってみれば、

「二歩進んで三歩退《さ》がり」

という感じであろうか。

先生の教えを守らず、つい甘いものやパンを口に入れ、じわじわと体重は増えつつある。

けれどもアルコールは口にしない、というルールは比較的守っている。どんな時でも飲むのはウーロン茶かお水だ。

ワインは大好きだが、パーティーで出てくるものは決して口にしない。言っちゃナンだけど、宴会に出てくるワインは安くておいしくないものばかりだ。ダイエットをするにあたって、私は決めたことがある。

「高いものは飲むが、安いものは飲まない」

それと、

「いい男とは飲むが、そうでない時は飲まない」

というものである。

この二年間、男の人とデイトをしていても、私はふんわりとした気分になったことがない。もちろんヒトヅマであるから、それでどうのこうのというつもりはないのであるが、男の人と二人きりで食事をしているという、あの甘いロマンティックな気分からはどんどん無縁になるばかりだ。

どうやらこれは、アルコールが一滴も入っていないからだ、ということに最近気づいた。あれがあるのと、ないのとではまるで気分が違うし、その後の進展も違う。

シラフの私は時計を見て、

「あ、こんな時間。仕事もあるのでそろそろ帰らせていただきます」

ときっぱりと立ち上がる。ちょっとでも酔っていれば、

「仕事なんて、明日になってやりゃいい」

という投げやりな気持ちになるけれども、あのだらしなさこそ、男女の間にはとても必要なものなのですよね。

ま、だからといって残念がる男性もいないので、こちらの方はおいとくとして、肝心

なのは高いワインの話である。

つい昨夜のこと、

「もうダイエットなんかどうでもいい。今日は欲望にすべて身をゆだねよう」

と思うことがあった。フジワラ君から招待状が届いたのである。

自分たち夫婦の結婚二十周年が近づいた。ついては親しい人たちだけでディナーパーティーをしたい。ワインを大放出するから、ぜひ来てくれと言うのだ。

このフジワラ君というのは、私の高校の同級生である。藤原優《ふじわらまさる》といえば、ラグビーファンの人ならすぐに頷《うなず》くことであろう。「アニマル・藤原」というニックネームで早稲田時代大活躍した。今でこそ山梨出身のスポーツマンといえば中田英寿であるが、以前は誰でもフジワラ君の名を挙げたものだ。

フジワラ君は大学卒業後、商社マンになった。ベルギーの赴任地に私も訪ねていったことがある。このヨーロッパ勤務で、彼はワインに目ざめたらしい。奥さんの持参金を勝手に使って、破産したレストランのカーヴごとごっそり買い込んだのである。

商社を辞めた後、企画会社を設立した彼は、生来の人懐っこさもあって人脈がすごい。しょっちゅうホームパーティーをして、私たち夫婦も招んでくれるのであるが、いろんな職業の人がテーブルを囲む。その時抜いてくれるワインがすごいのだ。

マルゴー、ペトリュス、ロートシルト、ラトゥールなどといったものをポンポン抜いてくれるのである。今夜のパーティーでは、結婚二十周年を記念して、八二年のものをずらりと揃えたという。リストを見るとペトリュス、マルゴーの八二年と共に、七一年のロマネコンティもある。こんな機会は、私の人生において、二度と訪れることはないだろう。

「よし、十キロ太ろうと、とことん飲む」

と私は決心したのである。

そして原宿のフレンチレストランで、ディナーが始まった。お客さんは五十人ほど。それに対してワインも数十本並んでいる。

「おお、フジワラ君、太っ腹！」

まずデキャンタから注がれたのは、私の大好きなペトリュスである。まろやかで豊かな赤だ。といっても大好きと言えるほど飲んだわけでもないが……次はマルゴー。これもがんがん飲みます。前に座っていた人が私に尋ねる。

「ねえ、ハヤシさん。高校時代のフジワラ君って、いったいどんなだったんですか」

「言えません」

私は首を横に振った。

「こんなにおいしいワインをご馳走になって、どうしてそんなことが言えるでしょう」

やがてマイクがまわり、いろんな人がスピーチを始めた。けれども私のところになかなかまわってこない。

「ちょっと、私にも貸しなさいよ」

私はフジワラ君からマイクを奪って喋り始めた。

「私は今日、すんごいご馳走になったので、彼の高校時代について喋らないつもりでした。でもひとつ言いましょう。彼は十七歳のいたいけな私に向かって、

『このブス！』

と怒鳴って黒板拭きを投げたのです。

彼はその頃からスターで、やりたい放題でした。あるお正月、みんな町のスナックで同窓会をしていました。地下足袋で来るようなところで、カラオケが始まったんです。するとそこへ東京から、商社マンになったフジワラ君が、ジャガーで乗りつけました。そして山梨県人が見たこともないような美しい、品のある奥さんを見せつけたのです。私はその時、なんてイヤな奴、きっとこういうのにはバチがあたるわ、と思ったのですが、奥さんは彼を見捨てることなく二十年も我慢してくれたんですね。

フジワラ君は子どもの頃から知ってますが、本当にいい人です。でも甲州男の特徴でものすごくミエを張る、モテるふりをする。でもそれも彼の性格のひとつだと思って、どうかこれからも我慢してくださいね。見捨てないでね」

大きな拍手。そして私は今度はロートシルトのグラスに手を伸ばしたのである。

ハズバンドのお仕事

いよいよ明日、ワールドカップ観戦のため、札幌に出かけることになった。超人気のカード、イングランドvsアルゼンチンである。

「わー、いいなぁ。ハヤシさん、生ベッカムが見られるんだ」

と皆に羨しがられている。

このプラチナチケットは、人から譲られたものであるが、

「ハヤシさん、ご主人の分はいいの」

と尋ねられた。その時、

「あ、いいの、いいの。夫が一緒だと思いきり楽しめないから」

と答えていた私である。ところが急きょキャンセルが出た。他の人に譲ったところでホテルの部屋がもう取れない。私と同室でもOKということ、それは私の夫ということに

なる。

よって夫婦でワールドカップ観戦ということになったのだ。

「本当のファンが観られないのに、なんであんたなんかが」

と怒る友人もいたが、このところ私、テレビ中継はもとより、サッカーに関する本に読みふけっていた。日本のほとんどの人がそうであるように、にわかサッカーファンになったのである。

「オレなんかが、イングランド・アルゼンチン戦を観るなんてもったいないよ」

などと迷っていた夫であるが、やはり生で観る魅力には勝てなかったようだ。夫婦揃って出かけることにする。ついでに小樽まで足を伸ばし、あちらの有名旅館「銀鱗荘」に泊まる予定だ。言ってみればフルムーンの予行演習といったところだろうか。

つい先日、知り合ったばかりの人に言われた。

「ハヤシさん、ご主人と仲が悪い、喧嘩ばっかりしてるって書いてるけど、私の友だちが言ってましたよ。新宿の『ビックカメラ』で、二人仲よくパソコンを見てたって。ものすごくラブラブだったって」

私は驚いた。私が夫と「ビックカメラ」へ行ったのは、三年前にただ一度きりである。そそくさと買物を済ませたと記憶している。それを見ていた人がいたとは本当にすごい確率ではないだろうか。

それはさておき、うちの夫が今度ホストをすることになった。失業して再就職ということではない。

いつものように、お祭り好き、にぎやか好きの三枝成彰《さえぐさしげあき》さんが私に言った。

「ハヤシさん、今度一夜限りのすっごいホストクラブつくるんだけど絶対に来てよね」

今まで好奇心のおもむくまま、いろんなところへ行ってきた私であるが、一度も足を踏み入れたことがないのがホストクラブである。ずうっと昔、渡辺えり子さんと行きかけたことがあるけれども、やはりその勇気が出なかった。今なら年増のふてぶてしさで面白がることが出来るかもしれない。

中村うさぎさんに連れていってもらおうかな、などと思っているうち、あるシンポジウムで岩井志麻子さんにばったり出会った。

「ねえ、ホストクラブっていうところに一度行きたいんだけど、案内してくれないかしら」

「いいですけど、ああいうところは午前四時ぐらいが一番面白いんですよ」

客の大部分が風俗に勤めている女性ゆえ、真夜中にオープンになる。盛り上がるのは明け方だそうだ。

「私の新宿のマンションで仮眠して、出かけることになるけどいいですか」

ものすごく体力がいりそうである。

が、三枝さんが開くホストクラブは、夜の十時半に終わる健全な（？）ものらしい。三枝さんのいつもの仲間が一日だけのホストになるのである。

「奥田瑛二に辰巳琢郎がお相手してくれるんだよ」

女性だったら思わず身を乗り出すような話だ。わが業界からは美男作家の誉《ほまれ》高い島田雅彦さん、中谷彰宏さん、なんとなかにし礼さんの名前もある。あと知性派には中沢新一さん、アート派には日比野克彦さん、大物ホストとして羽田《はた》孜《つとむ》さんの名前もある。

「このホストクラブの収益金で、アフガンへ救急車を送ることになっているんだ」

だからチケットが売れなくては困る、ハヤシさん、本当に来てよねと三枝さんは言った。ところが私、その夜先約で仕事を入れていた。どうしてもキャンセル出来ない。泣く泣くホストクラブ初体験を諦めたのであるが、なんと三枝さんはその間うちの夫もホストに勧誘していたのである。

「〝ブケ専〟っていうのがあるらしいけど、あんなおじさん、誰も喜びませんよ」

と私は言ったのであるが、三枝さんはぜひにとおっしゃる。当然うちの夫の方で断ると思ったのであるが、

「いつもお世話になっている三枝さんに、イヤっていえないじゃないか」

と、まんざらでもない様子なのである。

そして私はわかった。女にも水商売願望があるように、男にもあるということをだ。

女だったら一度は新橋の芸者さんや銀座のホステスさんに憧れる。もしなれたとしたら容姿も含めて第一級の女であるということを認めてもらったようなものだ。

それと同じように、地味なサラリーマンのうちの夫の心にも、ホスト願望があったのである。そうでなかったら、どうして日本を代表するようなインテリたちが、みんなホストを志願するであろうか。

今日も三枝さんに会ったらえらく張り切っていた。

「当日は奥田が張り切って、みんなで練習をするんだよ。跪《ひざまず》いてさっとライターに火をつけたりするのさ。このライターはお揃いでピンクのビックにするんだよ。それから十時半にお店は終わりだけど、『お持ち帰りＯＫ』っていう規約にしてあるからね」

もう中村うさぎさん、岩井志麻子さんたちはチケットを購入されたようである。そういう強者《つわもの》の女性たちの前で、うちの夫が恥をかくのは目に見えている。なんとかホスト志願を食いとめたいものだ。

自分がホストクラブに行くのはいいが、夫はホストにならないで欲しい……。あれ、これってこのあいだまで男の人が考えていたことだよな。

サッカーとぜい肉

　このあいだまで、私はすごく得意であった。なぜならワールドカップ、人気中の人気のカード、イングランド対アルゼンチン戦を観に行ったからである。

「ハヤシさん、私のまわりにはワールドカップを生で観た人はいませんよ」

「今度話をゆっくり聞かせてください」

と皆に羨しがられ、ちやほやされた。

　ところが一次リーグも後半になってくると、チケットも少々出まわり始めたらしい。そこはマスコミ関係の人たち、あらゆるツテを頼ってチケットを手に入れた人たちが増えてきた。今週になってから、編集者だけでも四人、観に行った人に会ったぐらいだ。

　たいして人気のないカードならふうーんという感じだが、中には先日の日本対ロシア戦を観に行った人まで現れた。こうなってくると、〝生ベッカム〟を見た、という私の誇りも少し薄らいでくる。

さて、そのイングランド対アルゼンチン戦であるが、やはり観る方も燃えに燃えた。私たちはジンギスカン屋さんのカウンターで、隣りに座った学生さんから顔に塗る専用のサインペンを借りた。そして頬ぺたにイングランドの国旗を描いたのである。札幌の街の熱気に押され、大量に食したジンギスカンと生ビールのパワーによって、もう怖いもんなし、という我々グループである。

「ハヤシさん、もう旅行に来たんだから、今日はガンガン飲んで、ガンガン食べようよ」

同行した三枝成彰さんに言われた時、私はかなりイヤーな予感がした。この連載でもよく登場してくるように、三枝さんと私とはダイエット仲間である。

「ハヤシさん、究極の痩せ方を見つけた、もうボクたちは大丈夫だよ」

といつも興奮して教えてくださる。中には漢方と称して、二時間おきにトイレに駆け込む下剤があった。けれども個人レッスンをしてくださるダイエットの先生を紹介してくださったことは、三枝さんの最大のヒットである。この先生のおかげで、私は痩せて若々しくなったと人に誉められるようになったのである。

ところが肝心の三枝さんの方は、このダイエットを守らなくなった。お酒やご飯を口に出来ないのがつらいらしい。かなりリバウンドしたのが傍目《はため》でもわかる。

「でも平気、平気。今、僕は絶対に痩せるっていう薬を飲んでるからね」

先の漢方やダイエットの先生のように、

「もうハヤシさんの分、こっちで予約しといてあげたよ」

ということだ。もうこの薬さえあればすべて解決という三枝さんにひきずられるようにして、ジンギスカンを五人で十数人分たいらげ、生ビールをジョッキで二杯ずつ、私はキムチご飯をおかわりした。そして私たちはニンニクのにおいをぷんぷんさせながら、いざ札幌ドームへ。いやあ、感動した。

サッカーの試合というのは、テレビで観た方がわかりやすいだろう。しかしあの熱気は伝わってこない。自分も観客のひとりとして席に身を置き、キャーキャー叫びながら観る喜びと興奮。こんな幸福はめったに得られないものだ。

それにしてもイギリス人のこの騒ぎ方といったら尋常ではない。我々の席はイングランドサポーターのまっただ中にあり、頬にアルゼンチンの国旗などペイントしていたら、即刻叩き出されそうな雰囲気である。しょっちゅう立ち上がるのはまあわかるとしても、彼らは非常に行儀が悪い。席で煙草を吸ったりしている人が何人もいた。それよりも私がちょっと、と思ったのはブーイングのひどさだ。アルゼンチンチームの選手の紹介があるたびに起こるブーイングの嵐。これは強い選手ほど大きく、全く起こらない人もいるけれど、これまた意地悪という感じ。さらに驚いたのは、アルゼンチン国歌斉唱の際の、〝ブー〟の大きさである。それこそドームが轟《とどろ》くほどのうねりとなったのだ。どんな因縁の対決だか知らないけれども、ちょっとあれはねえ。私は憤った。

「イギリスのサポーターって、洗練されていない人が多いような気がする。みんなフーリガンのニイちゃんに見える」

と、「歩く百科辞典」こと、三枝さんに言ったところ、

「そりゃそうだよ。イギリスじゃサッカーは、庶民が楽しむもんだもん」

と即座に教えてくれた。このあとは三枝さんのレクチャー。

「あのね、オックスフォードとケンブリッジには、サッカー部がないんだよ。上の人たちはラグビーなの。もっと上流になると乗馬で、いちばん上はボートだね、ボートが趣味っていうのは、間違いなく最高の階層っていうことなの」

特に日本に来るぐらいの熱心なサポーターともなれば、四年に一度のワールドカップに行くために、定職に就かない人も多いそうだ。

「だからイギリス人のフーリガンって、いちばんおっかないんだよ」

この話は、試合後行ったお鮨屋さんで聞いた。あの量のジンギスカンは「オードブル」ということで、本番はお鮨ということになったのだ。

二時間にわたって食べ続け、そろそろ帰ろうという頃に三枝さんが言った。

「あのね、すぐ近くにアンマンがおいしい店があるの。それを寝しなに食べるのは最高

だよ」

お店の人に買ってきてもらい、二個ずつ配給となった。ゴマ油のぷんとにおう、すごく大きいアンマンであった。それを三枝さんの指示どおり、寝しなに食べる私である。

そして次の日、市内の有名お鮨屋さんで昼食。ここでも延々と飲み、延々と食べ、我々は一路小樽へ。せっかく北海道へ行くのだからと、ここの温泉へ行くことにしたのだ。

夜、旅館でもご馳走が出た。もう食べられないと思ったが、全部たいらげた。そして次の日、空港で三枝さんは言った。

「最後にここでラーメンを食べよう。それから生ビールもね」

三枝さんは例の薬が効いて、一キロも太らなかったと報告があった。しかし私は今、あの時ついたぜい肉と戦っている。うーん、あのサッカーの試合の熱い時間が、私のおニクと関係していることを誰が知ろう。

この虚脱感

日本対トルコ戦を、文藝春秋の会議室で見た。

近くのホテルで対談をしていたのだが、居てても立ってもいられず、終わるやいなや文春の担当者に電話をし、テレビを見せてもらったのだ。

「今日、日本が負けるところを見るかもしれない」

というイヤな予感は見事当たり、日本はどうしても点を入れられなかった。

地下鉄の駅までとぼとぼ歩く。向こうから日本のユニフォームを着た三十代の男性が歩いてきたが、見るからに元気がない。

「そう、日本が負けちゃったの」

ケイタイで話しながら歩いている若い女の子がいる。誰もががっくりと肩を落としていた。さっきまでの街の風景が一変しているのがわかる。

お祭りは終わったのだ。楽しいことはもう何もない。ムネオが待っているだけだ。思わず熱いものがこみ上げてくるのをじっとこらえた。この空しさ、この虚脱感をいったいどうしたらいいのだろう。にわかサッカーファンの私でさえ、こんなに淋しいのだ。前からのちゃんとしたファンはどんなに哀しいことだろう。

その時ふと思った。

「ああ、ナンシー関はもういないんだな」

用事で新幹線に乗るため、キヨスクで本を物色していた。ホームのキヨスクだから数も少ない。その中にナンシー関さんの文庫本があった。テレビ評をまとめたものである。私なりの追悼のつもりで読み始めた。

今さらながら彼女の才能に驚かされる。芸能人を書くという、実はとてもむずかしいことをナンシーさんはらくらくとやってのけたのだ。

工藤静香のことを「北関東の姫」だって、うまいなあ、彼女のあの「ヤンキー味」を素晴らしく的確に表現している。

世の中には、本当は芸能人が大嫌いで、はなから見下しているくせに、テレビ評を書いている人がいる。けれどもナンシーさんは違っていた。芸能人に対するあの感情は偏愛であろう。自分でも持て余してしまうほどの大きな愛だ。「コレクター」という映画があったけれども、ナンシーさんと芸能人との関係もそれに近かったと思う。いったん自分の関心をひいた獲物をじわじわと追いつめていく。「コレクター」の犯人は、獲物の女性を邸の中に閉じ込めるが、ナンシーさんは文章によって包囲し、いたぶり、同時に撫でまわしていくのである。

だからナンシーさんの文章は鋭くきつかったけれども、品位が漂っていた。この品位というのは至難の技だ。

人の悪口を書くというのは、自分の劣等感をさらけ出すことでもある。相手が自分のどういう怒りのツボを押さえるのか語ることは、自分を語ることだ。ブ男ほど、人の悪口を言う時にすぐに容姿をあげつらう。無教養の人ほど、人の学歴にこだわる。

しかしナンシーさんの場合、彼女の劣等感はみじんも出てこなかった。彼女は〝無私〟の心で書いていて、それが格調の高さと品とを生み出していたのだ。

ナンシーさんとは一度対談したことがある。髪から洗いたての、シャンプーのにおいがぷんぷんしていたことを昨日のように思い出す。が、他は全く構っていなかったように思う。

若い女性にこんなことを言うのは失礼だが、かなり太っていらした。尋常な太り方ではない。今どきあれほど野放図に太っていた人も珍しいだろう。

同じようにデブの私も、そのことが気になって仕方なかった。これまた失礼な話だが、ナンシーさんにこう尋ねた。

「ナンシーさん、ダイエットしようとは思わないの」

「私ぐらいのレベルまで太ったら、ダイエットなんかしても仕方ないじゃない」

にこっと笑った顔は愛らしかったけれども、やっぱりそれにしても太り過ぎだ。

太り過ぎが急死の原因だったとしたら、そのことが口惜しくてたまらない。もっと親しい関係だったら、しつこく何か注意出来たかもしれない。けれども不思議なことに、ナンシーさんは自分の太り過ぎを自嘲した文章を一度も書かなかった。自分が道化になることがなかった。これはかなり稀有《けう》なことに違いない。

それにしても、ナンシーさんの訃報の扱いには驚いた。

「えー、ナンシーってこんな大物だったんだ」

テレビにも出ていないし、ナンシー関という名前は決してメジャーとはいえない。それなのにワイドショーでも取り上げるし、夕刊紙の広告ポスターの大見出しは、

「ナンシー関急死」

とある。ワールドカップの最中、かなり大きな事件として取り上げられたのだ。このあいだ受賞歴がいくつもある有名作家が亡くなったが、扱いがナンシーさんの十分の一もなかったろう。

「若くして死んで、それも突然のことだったから、大きく扱うんだろう」

という人がいたが、それだけではないと思う。

ナンシー関の場合、クロウトがみんな彼女を好きだったのだ。新聞記者や編集者、書く仕事に携わっている人たちは、ナンシーさんの文章を読んで、それがいかにすごいものか見抜いたはずだ。このコラムを書くために、どれだけの才能と体力を消費していくかわかる人たちだった。

いずれにしても、もうナンシー関さんはいない。私たちはあらたに出てきた芸能人を、どうやって位置づければいいのだ。大きな事件が起きたら、いったいどんな見方をしたらいいんだ。

ナンシー関はもういない。人々がその大きさに気づくのは、もう少したってからだ。彼女のコラムを一カ月読めないことを体験してからだ。

私の劇場

私はよく劇場へ行く。

先々週は、オペラ二回、歌舞伎、宝塚という記録をつくった。それまで仕事がぎっしり詰まっていても、夕方は劇場へ駆けつけ、その後友人と食事をとる。

秘書のハタケヤマなどは、

「ハヤシさん、早く家に帰ってゆっくりしたいでしょうに、よく体力が続きますよね」

と感心する。

が、劇場通いはもう私の日常となっているので、たいして苦にならない。それぞれの劇場へ行くコツもつかんだ。

まず行くことのいちばん多い上野の文化会館であるが、最近は地下鉄を使っている。今までは山手線を使っていたのであるが、夕方の時間はかなり混む。それにメトロ派の私としては、山手線はいろんな人が乗ってきてちょっとコワい。が、銀座線を使えば途中から座れることがわかった。降りる場所さえ正しければ、すぐ大通りに出ることも出来る。それに上野の駅ビルが面白いのだ。このあいだ時間があってひとりぶらついたのであるが、大学芋や芋かりんとうの店がある。雑貨屋をのぞくと、可愛くて安いベトナムやタイの小物があった。バラの刺しゅうをした、木綿のランジェリー袋を買った。それから布の帽子も。どちらも信じられないような安さである。

そして文化会館に到着すると、まずは秘密のトイレへ直行する。ここは声楽家の方が教えてくれたもので、まず人はこない……と思っていたところ、開演前に何人かやってくるようになった。どうやら空いているトイレとして、口コミで拡がったらしい。

私はギリギリの時間に行くのが嫌なので、二十分前に到着するようにしている。トイレを済ませ、パンフレットを買い、ロビィを見わたし、知り合いが来てるかどうか探す、この時間が好きなのだ。

この習慣はNHKホールでも変わらない。NHKホールは家から近いものの、地下鉄の駅からちょっと歩く。よってタクシーを使う。ワンメーターの金額であるが、時には七百円台になることもある。

NHKホールは、上野の文化会館に比べ、かなりそっけない。帰りにタクシーが来ないので、食事に行くには不便なところである。

そしていちばん私が好きな劇場は、やはり歌舞伎座だ。ここは劇場全体がちょっとしたテーマパークのようである。岡田三郎助《さぶろうすけ》、伊東深水《しんすい》、東山魁夷《かいい》といった画家の描いた絵が、ロビィや廊下、いたるところに飾られているのだ。それに何といっても土産物売場が本当に楽しい。私はいつも歌舞伎座へ行くと、ポチ袋とつくだ煮を買うことにしている。

さらに私は最近、素晴らしいことを発見した。私には歌舞伎座に勤める友人がいるのだが、彼の職場はここの地下にあるのだ。喫茶店もある一角である。つい先日、大至急でゲラを読まなくてはならなかった。けれども私は、歌舞伎見物の真最中である。どうしたらいいか。友人の職場のファックスを借り、ゲラを受信させてもらったのだ。訂正はロビィの公衆電話でした。

「歌舞伎を見ながら楽しくお仕事」

これならば安心して、半日客席にいることが出来る。よかった、よかったとつぶやく私である。

さて、四日前のことである。下北沢の本多劇場へ、渡辺えり子さんのお芝居を見に行くことにした。

私はかなり緊張した。お芝居好きだが、いわゆる本多系をあまり見たことがない。シアターコクーンやオーチャードホールへ行くことはしょっちゅうあっても、本多劇場へ行くのは十年ぶりだろうか。

「駅からどう行くんだっけ、なんだかちっとも憶えてないよ」

「まかせてください」

一緒に行くハタケヤマが胸をたたいた。

「下北沢のことなら、隅から隅まで知っています」

万年演劇少女の彼女は、下北沢へは昔から通っているのである。

その日は冷たい雨が降る日だった。小田急線で下北沢へ行く。駅から降りると、たくさんの若者の姿が目につく。

「このへん、大学があったっけ」

「ここにはありませんけど、近くの大学の人たちが途中下車して来るんですよ。あ、ハヤシさん、明日の朝の食パン買うなら、前に進んだ方がいいですよ。そっちにパン屋さんがありますから」

てきぱきとしているハタケヤマである。

席に座ってからも、いろんなものを取り出す。

「私の芝居見物の時の必需《ひつじゅ》品です」

まずはオペラグラス、のど飴などもある。いかにも通という感じだ。

反対に私はそわそわとしている。なにしろこういうお芝居に全く慣れていないのだ。

この劇場は歌舞伎座や上野の文化会館、NHKホールに比べずっと小さい。そして見に来ている人たちはみんなマニアという雰囲気である。さすが本多劇場だ。やがてお芝居が始まる。

「私はこういう前衛的お芝居を、ちゃんと楽しめるかしら。なんかドジなことはしないかしら」

けれどもお芝居はとても面白かった。甲州弁がやたら出てくるのである。

「お前《まん》とう、早くやれし」

「こっちへこうしっては」

「何をしてるでえー？」

俳優さんたちだから、イントネーションもなめらかである。どうやら私の生まれた町の隣り、葡萄で有名な勝沼を舞台にしているらしい。

「あの芝居、私は個人的に笑いころげちゃったよ。本当に私ぐらい笑った人はいないと思う。あれは地域限定版っていうやつよね」

ハタケヤマはふうんと、興味なさそうな顔で頷いた。そんな芝居の見方は邪道といわんばかりだ。

「どう、焼肉でも食べてく？」

「私、家で食べますからご心配なく」

彼女と私とは十二年のつき合いであるが、一緒に夕ごはんを食べたのは三回ぐらいだ。こんなクールな女が、人が変わったように興奮するのがお芝居である。

掘出し物

「ヴィンテージ」と名前を変えてから、古着は急に価値を持つようになった。

今から四年前パリへ行った時のことだ。

「ハヤシさんをすごくいいところへ連れていってあげる。そのかわり人に絶対喋らないでね」

とあちらに住む友人に念を押され、案内されたところは、いわゆる古着屋である。シャネルやサンローラン、ディオールといった洋服から、エルメス、ルイ・ヴィトンのバッグもある。

「でも私、頑張れば新品買えるから、あんまり欲しいと思わなかった」

と、若い編集者に言ったところ、

「ハヤシさん、古いなあ」

と笑われた。

「ああいうのは古着じゃありません。ヴィンテージっていって、新しいものよりも値段が張るものもあるんですよ。特にエルメスのバッグは、ヴィンテージものといって、すごく値が張ります」

彼女に教えられた頃から、世の中にヴィンテージという言葉が浸透したような気がする。

流行もんには弱い私である。二年後にパリに行った時には、さんざんヴィンテージものの店を漁《あさ》るようになった。

「掘出し品」

私はこの言葉に異常に弱い。流行ものにも弱いが、掘出し品という言葉にはかなわないだろう。ちょっと人よりも得をしたいし人に自慢したい、という思いが二乗となって、私を掘出し品へと向かわせるのである。

そういえば七、八年前、骨董品《こっとうひん》に凝ったことがある。白洲正子さんに憧れたことと、お茶をやっている人たちと親しくなったことが原因である。

やり出すと飽きるまで、しつこく追い求めるのが私の癖である。あの頃は取材や講演で地方へ行くと、必ず骨董品の店に行った。

「私は器のことはよくわかりませんけど、いいものは見ているので、ちょっとした勘はあると思うんです。自分の好きなものだけ集めようと思います」

なんてエラそうなことを言い、ああ恥ずかしい。そう、骨董品に興味を持つということは、恥ずかしさの海の中に突入するようなものであった。

京都で漆の小皿を買い、知り合いのお母さんに得意になって見せたことがある。名門の奥さまで、いいものを山のように見ていただろうその方は、静かにこうおっしゃったものである。

「いいんですよ。最初はみんな、こういうものから始めるんですからね」

鹿児島で古伊万里の大鉢を買ったこともある。台湾や上海へ行っても、まず行ったところは骨董の店だ。

が、専門家の人に言われた。

「僕たちプロだって、掘出し品なんかめったにおめにかかれないのに、ハヤシさんみたいなシロウトが、そんなもん手に入るわけないでしょう」

そんなことは百も承知しているが、どこかで何かがあるんじゃないか、とつい思ってしまうのが私の浅ましさである。

台湾に行った時、ちょっと気に入った染めつけの皿があった。五枚組で四万円という、その高級店では破格に安いものである。買おうか、買うまいか悩んでいる私に向かって、日本語のうまい店主は言ったものだ。

「お客さん、これは掘出し物だよ。これは清末期のもので、貴族が使っていたもんだよ。ふつうこの値段では買えないよ」

ここまで言われて買わない人がいるだろうか。海外で、いわくあり気な店で、年寄りからこう言われたら、誰だって心をそそられるではないか。

もちろん私は買って、日本に持って帰った。詳しい人に見せたところ、せせら笑われた。

「これ、染めつけじゃなくてプリントじゃない。二束三文で売っているものだよ」

その皿は今もうちの食器棚にある。あれから年月がたち、今しみじみ眺めてみると、なんとも品のない安っぽい皿である。無知なうえに、勉強する時間がない者は、骨董探しなどするものではないと、つくづく思い知るきっかけになった皿だ。

とはいうものの「掘出し物」という言葉は、常に私の心を刺激している。やはりリサイクルショップに行かずにはいられないのである。

さて今夜のこと、仲のいいご夫婦とうちの夫婦とで食事をした。ご主人の方のリクエストで、場所は私の家の近くの中華料理店である。住宅地の中にある小さな店であるが、この頃テレビや雑誌で評判になっているところだ。

「いやあ、おいしかった。こんなところにこんないい店があるなんて」

そのご主人、カツミさんは食べ手としてプロ中のプロで、本も何冊か出している。私のようにただの食いしん坊とは違うのだ。

食事を終え、ちょっと軽く一杯ということになった。このへんの飲み屋を開拓中の夫が言う。

「薬局の前に、ちょっとしたバーがあるよ。このへんにしちゃ本格的な店だよ」

さっそく入り、メニューをめくったとたん、カツミさんの顔色が変わった。

「すごい。どうしてこんな場所に〇〇〇〇〇があるんだろう」

何年か前に閉鎖した、幻の製造元がつくったもので、日本にもう何本もないだろうと言われているという。

「ふつうのウイスキーに、これをちょっと混ぜる。それだけですごいウイスキーになる。そうやってつくるウイスキーの会社がいっぱいあるよ。それがどうして、こんな店で原酒が飲めるんだ」

高いものになると今は一本三、四十万で取り引きされているウイスキーだという。それがこの店では一杯二千円だ。

「でもこのことがわかる客は、たぶんこのあたりにはいないと思う。僕たちだけでこっそり飲もう」

またここに来る約束をした。

掘出し物は皿やバッグだけじゃなかったんだ。それがわかっただけで、なんだかやたら嬉しい。これならいつか私にも出来るかも。

サイン会

私らの業界は、ずうっと長いこと〝構造不況〟に陥っている。

とにかく本が売れないのだ。みんな携帯電話やパソコンにお金がかかるため、本が売れなくなった、というのはこの数年言われ続けてきた。それに「ブックオフ」が追い打ちをかける。

作詞家やビジネスマンといった、他の職業から作家になった人が、私にこう言う。

「ハヤシさん、作家っていうのはこんなに儲からないものなの!?」

千円の本が一冊売れる。すると一割が私たちの収入となる。それから源泉徴収されるから、九分が正しい。純文学ではなく、エンターテイメントの作家の初版数が八千だ、一万だと言う時代、本を売って暮らそうなどというのは本当につらいことだ。

私などそこそこ恵まれている方だと思うが、それでも昔に比べりゃつらいことばかり……。


とまあ、愚痴ばかり言って体が動かないのが私の常である。もともと私は、

「売れるも八卦《はっけ》、売れないも八卦」

という精神でやってきた。

担当編集者からこう言われたことがある。

「作家にはふた通りあって、自分の作品に後々まで気を配る人とそうじゃない人とがいるけれど、ハヤシさんは後者ですね。書き終えるといっさい興味を持たなくなる。ゲラを読むのも嫌いだし、プロモーションにも熱心じゃない」

だってめんどうくさいんだもん。

本をたくさん出すせいもあるけれど、売れなきゃ売れないで仕方ないという感じ。ところが最近はそう呑気なことばかり言っていられなくなった。出版社の方もモトは取ろうと必死だ。やれサイン会だ、ブックレビューのインタビューだ、「はなまるマーケット」出演だといろいろなことを言ってくるようになった。

このところ単行本をたて続けに出しているので、サイン会を何回もしている。買ってくださった方々の本にサインし、握手をする会だ。

自分で言うのもナンですが、私、かなり人気あります。先日もある大型書店に行ったら担当の人がこうおっしゃった。

「最近はサイン会の整理券がなかなかさばけないんですが、ハヤシさんはあっという間になくなります。ここだけの話ですが、昨日は○○先生でしたが、整理券が余って困りましたよ」

私は不思議でたまらない。○○先生というのは文句なしのベストセラー作家で、私の五倍、いや十倍は売れるだろう。

私のサイン会には人がたくさん来てくださるが、○○先生よりもずっと本は売れない。いったいこれはどういうことなんだ。本はそう読みたくないが実物は見たいのか。

とにかく、長い行列が出来、たくさんの方がお花やお菓子、お手紙を持ってきてくださる。プレゼントとお花は、ダンボール一箱になるぐらいだ。涙が出るぐらい有難い。

先日名古屋でやったサイン会では、若い女性がまだ温かい包みを持ってきてくださった。中を開けると、ほくほくの大学芋だ。そのおいしそうなことといったらない。私は荷物を少なくするという名目で、書店の応接室でむしゃむしゃ食べ始めた。

ついでに他の箱も開ける。白い大福。これも固くなると困るからという名目でいただく。おかげで私は後に体重に苦しむことになった。

こういう方々と私、サインをしながら、ちょっとした会話をかわすことにしている。いろんな人がいて、面白いったらありゃしない。

「夫と別れようと思うんですが、どう思いますか」

と、突然人生相談をされることがある。わりと多いのが、妊娠している女の人から、「お腹撫でてください」と頼まれることだ。せり出した臨月のお腹を鼻先につき出されることもある。

このあいだのこと、雑誌から抜け出してきたような若い男の子がいた。私のサイン会に、若い男の子が並ぶことは非常に珍しい。たまにいても、真面目な文学青年っぽい男の子で、こんな風におしゃれな格好をした男の子が来てくれるとは驚きだ。

「ファッション関係のお仕事してるの」

と尋ねたところ、

「いいえ、製薬会社で実験に使う動物の世話をしているんです」

「ふうーん」

「今日もオランウータンを殺してきたばっかりですよ。そうそう、このあいだまで猿にマリコっていう名前をつけてたんですけどね。そのマリコもこのあいだ殺《や》りましたね」

「ギャ〜ッ！」

傍に立っていた出版社の女性と一緒に悲鳴をあげた私である。

さて、このたび新刊本を出すにあたり、編集者がしつこく言う。

「ハヤシさん、テレビ番組で作家の書斎を紹介するのがあるんです。すごい人気番組ですから出てくれませんか」

散らかってるからイヤ、と断わったのであるが、どうしてもと言ってきた。そんなわけで、私はこのところしぶしぶと仕事場を片づけているのである。

今月十九日はサイン会もある。このところ「美貌の女流作家」と自称している私は、必ず美容院へ行き、ネイルサロンでマニキュアをしてくる。サイン会の最中待っている人たちに、左右、後ろすべてからじっと見られているからだ。

「ハヤシさん、今日はいてる靴の踵《かかと》、ステキな形ですね」

と誉められたこともある。気が抜けません。

恥ずかしい

私はミーハーであることは否定しない。いつでも最大公約数の方へとなびく。皆が持っているものが欲しい。よって特殊嗜好というものもない。夫選びこそはずれたが、男性の趣味もごく単純である。大多数の女性がイイナ、と思う男が好きなのだ。最近ある女性と喋っていて驚いたことがある。彼女はコピーライターからテレビの世界へと移った人であるが、当時好きだった男性がぴったり同じだったのだ。彼女が憧れていた取り引き先のデザイナーのA氏は、かつての私の上司で秘《ひそ》かに思いを寄せていた人であり、テレビマンのB氏も知り合った時期こそ違うが二人とも「いいナ」と思った男だ。

男性の話からいきなりビロウな話題となるが、大腸ガン検査というのがある。お尻からポンプのようなものを入れ、くねくねと通らせる。内視鏡で内部を見ていくのだ。

私が行く病院の人間ドックでこれが行なわれる。友人によると、

「まるでお産をするみたい」

なのだそうだ。

緑色のビニールシーツが敷かれ、帽子に手袋、マスクをした人たちが両脇で待ち構えている。さ、どうぞと声をかけられた。

「オナラもウンチも我慢せずにやってくださって結構ですよ」

そして検査が始まるのである……。

痛みこそなかったものの、胃の方にまでふがふがと空気が迫ってくる違和感は、ひどく嫌なものだった。選択なのをいいことにその一度きりにした。

医師は私と夫にしょっちゅう言う。

「次の人間ドックでは、大腸検査やりましょうね」

ずぼらな彼と私はずうっとパスをしているのだが、やはり一抹の不安は残る。うーん、ガンになったらどうしよう。

先日のこと、夫とテレビを見ていた。健康を扱ったバラエティ番組で、その日のテーマはヨーグルトの乳酸菌である。

腸の中にはガンの元凶となる悪玉菌が住んでいる。それを乳酸菌は破壊してくれるのである。とはいうものの、ほとんどの乳酸菌は、腸に届くまでに胃酸にやられてしまう

という。胃の中の成分と同じものを入れた容れ物の中で、ヨーグルトの乳酸菌は百パーセントといっていいほど消えていた。

「けれどもこのヨーグルトだけは違うんです」

司会のフルタチさんが叫ぶ。

「このマークのヨーグルトだけは、見てください、ちゃんと菌が生きているでしょう」

買う時はこのマークを確かめることと念を押された。

次の日、さっそくスーパーへ行った。ヨーグルト売場に行くと、なんと二人の先客がいた。いた。ヨーグルトを手にとり、しげしげと眺めながら、昨日言われたマークを確かめていたのである。棚にはマークのあるヨーグルトが並んでいたが、わずか四個を残すだけであった。

こういうのは、とても恥ずかしい。昨日テレビ番組で取り上げられたばかりの食べ物を、今日買うというのは相当恥ずかしい行為である。

しかし恥ずかしがってばかりはいられないので、私はその四個のヨーグルトをカゴの中にすばやく放り込んだ。他の人に買われないためだ。

しかしこのヨーグルトは加糖になっていて、ダイエット中の私には食べられない。私は「お客さま相談係」のフリーダイヤルにかけた。こんなことをするのは初めてである。

「もしもし、これって砂糖なしはありませんか」

「申しわけございませんが、砂糖なしはつくっておりません」

そうですか、どうも、と受話器を置いたのであるが、なんだかますます恥ずかしくなってきた。

さて、いよいよ夏のバカンスシーズンである。今年の夏、私はハワイへ行く。

「ハワイ」

この名を発して、少々の羞恥に襲われる人はかなりいるだろう。夏にハワイへ行くのは、かなり恥ずかしいことではなかろうか。

しかも私たち夫婦にとって、ほとんどハワイは初めての場所である。私は十八年前に一度行ったきりだ。

あの頃、世の中右肩上がりの景気で、私も出す本出す本が、みんなまあまあ売れていた。そんな時、中くらいの出版社から、どうしても私のエッセイ集を出したいと言ってきたのである。しかも書きおろしでだ。

「ぜひ書いてください。お願いします。何でもいたしますから」

という女性編集者に、私はこう言った。

「そうねえ、ハワイでカンヅメにさせてくれたら書いちゃおうかナー」

私はもちろん冗談で言ったのに、

「わかりました。そのくらいはわけないことです」

彼女が胸を叩いた。そして私はハワイ行きがかなったのである。今のような不景気な時代ではなく、出版社も毎日ほくほくしていた時である。

ハワイでは高級ホテルに泊まったものの、時差を直さないまま、昼と夜とを完全に逆転させるような生活をしていた。どこにも出かけなかった。そのわりにはちっとも書かず、ハワイ行きと相まって後に大ひんしゅくをかったものである。

あれから二十年近くたつ。ハワイもさぞかし変わったことであろう。

傍《かたわら》の夫にいたっては、行ったのはなんと三十年以上前のことだという。まだ羽田から飛んでいた頃、アメリカに出張する父親が、社会勉強のために二人の息子を伴ったようだ。

これは夫の自慢話なのであるが、当時は家族で海外旅行は珍しく、一家はテレビのワイドショーに出たという。「高橋圭三ショー」だ。家を出るところから飛行機に乗り込むまでドキュメント風に撮られ、空港から中継までしたそうだ。実はワイドショー出演は、夫の方がずっと早かった。口惜しいナと、再びミーハー気分になる私である。

食べてばっか

昔からそうだったが、最近とみに喰い意地が張ってきたのがわかる。

「色気より食い気」とはよく言ったもので、異性への興味、関心が日ごと薄れるにつれ、食への執着は増すばかりだ。

どこそこの店がおいしい、と聞けば、すぐにでも出かけてみる。予約が取れなければ、根気強く電話をかけ続ける。

「お取り寄せ」の情報にはやたら詳しくなり、「四季の味」、「料理王国」の愛読者となった。

夏は野菜がおいしい。ダイエットで主食は口にしないから、私は野菜をものすごい量食べる。この頃よくつくるのは、山梨名物の「油味噌」だ。何のことはない、茄子、ピーマン、玉ネギを切って炒め、砂糖と味噌で味つけしただけのものである。大ぶりに野菜を切るのがコツで、母の「油味噌」は本当においしかった。今でも真似て中華鍋いっぱいにつくり、半分は私が食べる。

トマトも大好物だ。一食に二個はペロリといただく。うちには本当に狭いパティオがあるのだが、そこの植木鉢でトマトを育てている。

私は自宅でつくる、自分のつつましい料理も好きだが、四日も食べるとやはりおいしい外食が食べたくてたまらなくなってくる。なにしろ私の人生における「喜びベスト3」の中に、気の合う友人とおいしいものを食べる、ということが入っているのだ。

評判のおいしい店、あるいは馴染《なじ》みの店で、友人とテーブルを囲み、あれこれ喋りながら食べる楽しさというのは、ちょっと他に比べるものがない。恋人でもいたら違うかもしれないが、私はそれ、男の人にまるっきり興味もなければ、向こうからも来ないゆえ、とにかくおいしいものが第一なのだ。

しかしこのところ、変化は確実に起こっている。私はこのあいだまで、若い人たちを誘って食事をするのが大好きであった。かなりお高い店にもお誘いして、「金は天下のまわりもの」などと思っていたのであるが、最近どうもまわりものではないらしいことがわかってきた。

話は変わるようであるが、うちの母はすごいケチである。あまりにもシブいので「ケチ」と言ったところ、

「私だってしたくてケチしてるわけじゃないわよ。お金がないからケチになってるだけよ」

と叱られた。が、やっぱりケチである。年をとるにつれ、私にもこの母の遺伝子が頭を出してきたらしい。

五人も六人も食事に誘って、決して少なくないお金を出すのが、このご時勢になんだか空怖ろしい気分になってきたのだ。

そのかわり私は「同好の士」を募《つの》るようになった。同じぐらい食べることが好きで、割りカンで払ってくれる人とこの頃食事をすることが多い。食べ終わるとしっかり計算して、端数《はすう》までちゃんと出し合う。こうするとかなり高級な店にも行くことが出来る。

昨日は某有名料理研究家、その方の息子さんで私の友人、料理教室の生徒さんというつものメンバーで、下町の洋食屋さんへと向かった。

ここは二度ほどエッセイに書いたことがあるが、高価な材料を惜し気もなく使って、これでもか、これでもかという贅沢な料理を出してくれる。ものすごくおいしいが、料金も高い。私がこの店のことをあまりにも誉めるので、みんなが行きたいと言い出したのだ。

息子さんは夏のボーナスが出たばかりだそうで、

「キャッシュで払えます」

と胸を叩いた。

銀座で待ち合わせ、タクシーに乗り浅草へ向かう。お稲荷さまがある路地をくねくねと歩くと、めあてのお店が見えてきた。住宅地の中、店の看板だけがぽっと明るい。

十席ほどのカウンターの店、お客は私たちだけだ。店のご主人はいつものように、気迫に充《み》ちてこちらに会釈する。

料理研究家にその弟子であるから、たぶん視線も違っているのであろう、双方緊張が走る。

まずスズキのおつくりが出る。ヅケにして焼いたフグも。この店の面白いところは、おしのぎとして肉じゃがを出してくれるところだ。もちろん最高級の牛肉を使ったものがちょっぴり出る。その後大釜で炊いたマツタケご飯もほんの三口ほど。このマツタケご飯は、お米をとぐ時からダシ汁を使っているという。

「お米はすぐに水を吸いますからね」

とご主人。私は手をつけずにパックにしてもらったのであるが、皆によると絶妙な味だったそうだ。

それから新潟から取り寄せたというズンダ豆がゆでられ、目の前のグリルでは見事なアワビが焼かれている。それはすぐに薄切りにされて、バルサミコ酢と野菜でサラダ風に仕立てられた。

やがて霜降りの牛肉が冷蔵庫から出され、サーロインは刺身に、ヒレの方はビーフカツレツになる。誰も食べ残す人はいない。無言で食べ続ける。

「すごい分量だけど、このくらいのスピードで出されるとお腹に入るわね」

と料理研究家が言った。そうそう、この合い間にシシャモとサンマが焼かれた。ただのシシャモではない。

「これが本物のシシャモです」

とご主人が言うとおり、こんなジューシーなシシャモは初めてだ。

そして最後に信じられないようなことが起こった。生きた伊勢海老が取り出され、それがブツ切りにされ油の中に入る。天ぷらにしておソバと一緒に食べる趣向だ。

「伊勢海老の天ぷらなんて聞いたことないわ」

と料理研究家の先生も驚き呆れる。

そしてこの季節に柿とマンゴー、チーズケーキのデザートが出、私たちの長い夕食は終わった。

しっかり割りカンで払い、皆は充ち足りた思いで店を出たのである。

「本当に噂以上のお店ね。いいお店を紹介してくださったわ」

料理研究家の方にこう言われると、私はヤッター！　と躍り上がりたいような気分になってくる。まるでマニアが秘蔵品を見せ合うように、私たちは自慢の店を紹介し合う。

この好奇心と意気込みを、もっと仕事に生かせぬものか。

私の場合、食べることは少しも上達しないし、知識もつかない。こんなに好きだが、役立たないものが他にあろうか！

アロ〜ハ

長いこと私は、ハワイに偏見を持っていたかもしれない。

あんなとこ、日本人がごちゃごちゃいて、やたら騒がしいところ。熱海を百倍して、バリ島とグアムを振りかけたところなんでしょと、人に言ったことがある。

「そんなことはないよ、ハヤシさん」

ハワイ大好き人間を自認するその人は言ったものだ。

「あそこは人が楽しめるように、本当によく考えつくされている。リゾート地としては最高だよ」

今回、ほとんど初めてといっていいほどのハワイ体験であるが、人がなぜこの島へと向かうのかよおくわかった。

気候が素晴らしい。どんなに温度が高くても、木陰に入ると涼しくひんやりとする。

この温度と風の中で、心と体がぐにゃりと弛緩《しかん》していくのがわかる。たいていのところはショートパンツとゴム草履ですむ。英語を使わなくてもいいので、本当に心からリラックス出来る。

チープに過ごそうと思ったら、ラーメン屋、焼肉屋、定食屋といった店はいくらでもある。もっと安くあげたかったら、五十メートルおきにあるABCストアに入り、日本のコンビニにあるのとほとんど同じオニギリや冷や麦弁当を買えばいい。長期の滞在者向けのコンドミニアムも充実している。

それよりも私が感心したのは、この街が少しも俗悪でないことだ。観光地にありがちな厚化粧のけばけばしさがない、いろいろな面で洗練されている。

店の人たちも、観光客からむしり取ってやろうというさもしさがあまりない。それが昨日今日観光地となった場所と違うところだ。観光地としての長い歴史が、ゆったりとした、人懐っこい人たちをつくっている。

週末はサーフィン出来れば、それで幸せ、といった人が多いのだ。

どこへ行ってもみんな親切で、私はすっかりハワイのファンになってしまった。そのうえ、この島と私とは、不思議な縁で結ばれていることがわかった。もはやハワイの方で、

「今までどうしてたのよ」

と私をなじってたかのようだ。

まずホノルルの空港でお会いした航空会社の支店長は、元広報にいらして、私がさんざんお世話になった方ではないか。赴任なさったばかりということだが、あまりの偶然に驚いてしまった。

そればかりではない。

高級ブティックに立ち寄り、バーゲン品を見ていたら、

「ハヤシマリコさんですね」

と店員さんから声をかけられた。なんと私が大昔、お勤めしていた頃の後輩である。

当時小さな広告プロダクションでコピーライターをしていた私は、さんざん「ドジ」「デブ」といじめられた。こんなにダサくて田舎っぽい女の子は見たことがないとまで言われ、私の心はどんなに傷ついたことであろうか。

そんなある日、事務兼スタイリストの女の子を雇い入れることになった。

「今度は顔で入れようぜ」

などと男の人たちが話しているのを聞いて、私の心はまたもや騒いだ。

そして入社してきたのは、スタイリスト学校を出たばかりの二十歳の女の子であった。制服を着た中年近い女性の顔をじっと見ていると、可愛らしい新入社員の女の子の顔が少しずつ浮かんでくる。

「思い出した！　A子ちゃんね」

「そうです、A子です……」

なんでもハワイにやってきたのは十年前だという。

「私にもいろんなことがありました……」

それ以上話さないところを見ると、深いドラマがあったのだろう。

「マリコさん、少しも変わっていませんね」

とお世辞でも言ってくれたのが嬉しく、さっそく夫に告げたところ、

「へえ！　君の人生に『会社の後輩』なんてものが存在したの。そっちの方が驚きだよ」

とヘンな感心をされた。

ところでこの彼女から、

「ハヤシさん、ご活躍ですね、すごいわ」

とさんざんおだてられ、つい見栄を張ってしまった。勧められるままに何着か買ったのはバーゲン品とはいえ結構なお値段となり、かなり反省した。

そして昨夜は、こちらに住んでいる方からお食事に招待された。とてもおいしいイタリアンを食べた後、夜景を見るために車を走らせてくれた。

「おっと、咲いてる、咲いてる」

その方が車を停めた。住宅地の生垣に白く大きな花が幾つも咲いている。

「これは月下美人ですよ」

一年のうち数回、一晩だけ咲くという花だ。見るのは初めてである。もっと繊細な花を想像していたのであるが、ハワイで見るそれは南国の花らしく大ぶりである。

「上の方へ行くと、もっと狂い咲きしていますよ」

また車を走らせると、途中白い塀が続く豪邸があった。日本の大スターの別荘だという。

「でもたぶん、もう売り払ったんじゃないかなあ。演歌はこの頃あんまり流行らないから」

その方が言うには、バブルの頃、いろんな人が日本からやってきて別荘や高級コンドミニアムを買った。

「だけどものすごい代替わりでしたよ。高いものを買う人ほど、入れ替わるから面白いよね」

このあいだ離婚し再婚した某大スターは、奥さんの実家が大金持ちなので、今うんと高い物件を物色中だという。これもハワイ中の噂だそうだ。

こういう話を聞くのも旅ならではの楽しみ。そして私は心に決めたのである。

「よし、これからは一生懸命働いて、一年に一度は必ずハワイに来よう」

人と土地とは相性というものがある。招《よ》び寄せられる土地、心がしっくりくる土地が必ずあるのだ。私はハワイにひと目惚れした。

「あれ、ハヤシさん、バンクーバーはどうしたの、家を持ってなかった？」

それを聞かれるとまことにつらい。

飽きたのと、お金が入り用になったため、とっくに売却しているのです。

真夏のタクシー

あるパーティーで友人が言った。

「田中康夫には、あと二期ぐらい長野県知事をやってほしいわね。その間は東京にいないし、私たちの前から姿を消してるわけだし」

県庁や県議会の人はさぞかし大変だろうが、県民の皆さんがあれだけ支持なさっているのだから、田中県政はぜひ続けていただきたい。それが民主主義というものだから。

さて、信じられないような暑さである。昔買った日傘を、十年ぶりぐらいに取り出した。こんなババくさいものイヤだなあと思っていたのであるが、最近は若い人でも日傘をよく使うようだ。渋谷、原宿では利用度はぐっと低くなるが、銀座を歩くOLの方は結構日傘をさしている。

本当に暑い。暑いけれども、私は全くといっていいほど汗をかかない体質である。この新陳代謝の悪さが太る原因になるのであろう。夏も食欲は落ちないし、それどころか喰い意地はさらに増している。痩せもしないし汗もかかない分、熱気はじわじわと内部に浸《し》み込んでいくようだ。

暑い、本当に暑い。そして間違いなく、この暑さは年ごとに厳しくなっていくのである。

私が子どもの頃は、クーラーを取り付けているうちなどほとんどなかった。たまに客商売をやっている友人のうちでクーラーがあったりすると、その贅沢さに目を見張ったものだ。当時は吹き出し口にブルーやピンクの薄い生地のリボンをつけ、風の流れを誇示したものである。

夏休みになると、親からも教師からも厳しく言われた。

「午前中の涼しいうちに、宿題をするんですよ」

だけどこの頃、涼しい午前中なんかありはしない。九時ともなると、じわっじわっと太陽が照りつける。

ハワイでの情景を思い出した。住宅地を車で走っている時、私はあることに気づいた。

「このあたりって、洗濯物を全く見かけないけれども、いったいどこに干すんですか」

「どこの家でも乾燥機を使うんでしょうね」

ずっとハワイに暮らしている方が言う。

「一般にアメリカ人っていうのは、洗濯物を干しませんよ」

「そんな馬鹿な！」

私は叫んだ。

「この太陽ですよ。Tシャツだって小一時間で乾くはずじゃないですか。それなのにガスや電気使って、どうして乾燥機を使うの」

私が泊まっていたホテルでは、ドアの前の照明が二十四時間ついていた。エントランスの前のあかりも、昼間でも消されることがない。ハワイの太陽の下、ずっとつけっぱなしのあかりは、とても場違いなものに見えるのだが……。

「デニーズ」に入った。ハワイの「デニーズ」は、メニューがとても少ない。サンドイッチかハンバーガーに、フライドポテトがどっさりとついてくる。こういうジャンキーな味も、ハワイっぽくていいのであるが、問題はその後だ。どれもすごい量だから残す人も多い。日本の店だったら、残飯は見えないところで処理されるのであろうが、ハワイでは黒いゴムのエプロンをかけた大男が、ワゴンをひいてくる。汚れたお皿を集めるためだ。ケチャップやマスタードがついてつみ重ねられた皿、そして残ったものはどさッどさッとワゴンの下のバケツの中に入れられる。

食べ終わった後だったからいいようなものの、あのワゴンを見たとたんげんなりとした気分になったものだ。

相当残ることを想定してつくられる、あんまりおいしくもないファーストフード。どこかで大量につくられ、冷凍されたであろう食べ物たち。それは瞬時に残飯となり、こうして目の前でバケツに捨てられるのである。

こんな強烈な太陽の下、乾燥機を使うアメリカ。京都議定書を拒否したアメリカ。排出されるものの量は確実に増えている。夏は年ごとに暑くなっている。ハワイのあの光景を思い出すとなおさら暑い。

あまり暑いので、メトロ派の私もこの頃タクシーにばかり乗っている。お金がかかって仕方ない。ハタケヤマ嬢は、「ハヤシさん、一所懸命お仕事に行くんですから、体がいちばん大切です。タクシーぐらい乗ってください」。泣かせることを言う。昨日羽田からタクシーにした。運転手さんの話によると、この炎天下三時間待ったそうだ。

「夏はクーラーつけても、本当につらいですよ。いいお客にあたるように祈りながら待つんですよ」

こう言われると、とても近距離なんか乗れはしない。私はもともと待っているタクシーを使う時は、短い距離は避けるようにしている。次の約束場所の原宿に行ってもらおうと思っていたのだが、その話を聞いたとたんずっと遠い自宅へ行先変更した。

夏はタクシーの運転手さんにとって、出来るだけいい客になりたいと思う私である。この熱気の中、じっと客を待っている運転手さんを、あまり落胆させたくないと考える私は、なんてやさしいんでしょう。

　そしてその夜は銀座で食事をした。女友だちと二人、店を出た時は既に十時を過ぎていた。嫌な予感がした私。銀座から乗ったタクシーの運転手さんに、いろいろ話を聞いたばかりだ。

「十時過ぎたら、銀座のタクシーは長距離の一発を狙うからね、女のお客さんは乗せたくないよね」

　一通《いっつう》の裏道で、タクシーはいっぱいいたのに、まず手を挙げた車からはっきり乗車拒否された。さも汚らわしいものをはらうように、手を左右に激しく振った運転手の車の屋根には、あの三ツ星マークが燦然《さんぜん》と輝いていたではないか。

　この時間、タクシー乗場以外では客は拾えないのかと思ったら、三十秒後、その車はおじさんの二人連れを乗せた。何が三ツ星タクシーじゃい。夏のタクシーに対する思いは、その瞬間消えたのである。

オペラとトンカツ

頼まれてオペラの字幕を担当することになった。

「うんと意訳して面白くしてね」

演目はドニゼッティの「愛の妙薬」。純真な農夫が、やっとのことで愛する女性と結ばれ、めでたし、めでたしというオペラである。

訳したものをちょっと変える程度でいいと考え、ＯＫしたのが間違いのもとであった。今回は、演出も舞台装置も今までのものとガラリと変えた野心作である。舞台を十九世紀の南フランスにし、農夫はゴッホとおぼしき画家にする、という斬新さだ。よって内容もガラリと変わる。

たとえば元の字幕だと、

「馬車がやってきた」

ということになっていても、実際出てくるのは車だったりする。麦刈り作業は、近代的なトマト工場での労働になっている。

それより何より苦心したのは、主人公のキャラクターである。男と女のかけ合いは、演出方法、歌手の雰囲気によってまるで違ってくるからだ。

うんと高ビーで嫌な女になるか、言葉とは裏腹のいじらしい女になるかで、セリフも変えなくてはいけない。

私は最初、キャスリーン・バトルのビデオを見て研究していた。パバロッティと共演したバージョンである。

最近性格の悪さで、世界中の歌劇場から総スカンをくらっているという彼女は、意地の悪い女を演じるとぴったりする。そのつもりで、うんと傲慢なセリフにしていたのだが、リハーサルを見てアレーっと思った。

こちらのソプラノ歌手は、楚々とした可憐な美女で、何をしてもやさし気なのだ。こんな女性にきつい言葉を語らせると字幕が浮いてしまう。よって大幅に変えることにした。

気軽にお引受けした仕事であるが、

「こりゃあー、大変なことになったわい」

という思いでこわくなってきた。

字幕をつけるというのは、言葉と音楽に精通していなくてはならない。イタリア語もわからず、楽譜も読めない私がつける、というのが、そもそも間違っているのだ。

とはいうものの、リハーサルを見せてもらったのは、本当に幸運な体験であった。一流のキャスト、スタッフが揃い、ひとつのオペラをつくり上げていく。オペラファンだったら誰でも見たい光景だ。

私は入場パスを貰い、劇場のリハーサル室に何度か通った。

「こんなに人がいるものなのか！」というのが、まっ先に感じたことだ。

キャスト以外に、衣装や照明、振り付け、演出助手といった人たち二十人が待機しているのである。外国の人も多い。とびかうイタリア語。

細かい振り付けから始めていく。主役級のスターの人たちにも、演技指導があり、何回もやり直しをさせられている。私は心底驚いた。世界中で何十回と同じ役を演じているる彼らは、「ぶっつけ本番」と言わないまでも、二回ぐらいの場あたりを軽くやって本番に臨むものだと思っていた。

「オペラって、こんなに練習するものなんですか」

傍にいた人に聞いたら、

「あら、今回は少ないぐらいですよ。初演出でやるんだったら、あと二回ぐらいは通し稽古したいですよね」

ドミンゴもパバロッティも、きっちりとしたリハーサルを重ねていくというのである。ふーむ、プロの世界は本当に奥が深い。

そして日曜日も夕方からリハーサルがあった。夫に新国立劇場まで送っていってもらう。

夕飯にはピザの出前でもとってもらおうと思っていたのであるが、イヤだと夫から拒否された。

「そんならオペラシティに、トンカツ屋さんがあるから、あそこのトンカツ弁当はどうかしら」

それを買い求めている最中、時計を見る。家を出るのが遅かったので、通し稽古の時間まで、あと三十分しかないのだ。オペラシティから、新国立劇場のリハーサル室までは隣接した建物とはいえ、楽屋を通ってくねくねと歩く。十分はかかる。レストランの中で食べたら、とても間に合わないであろう。私は考え、自分のためにもトンカツ弁当を一個買った。

「これをどっかで食べたいんだけど、ちょっとつき合ってくれない」

「やだよ」

夫は即座に言った。

「リハーサル室へ持っていって、食べればいいじゃないか」

そんなことが出来るわけがない。テーブルの上には、お菓子や飲み物が置いてあるが、トンカツ弁当を食べるのははばかられる。廊下の椅子で、というのもあるが、ここは合唱の人たちが寛《くつろ》ぐところだ。そうでなくても、私がリハーサル室で座っているのを、不思議そうに眺めていく人は多い。

「ハヤシさん、どうしてここにいるの？」

はっきり聞いてくださった方がいて、

「アンダースタディ（代役）です」

とつまらぬ冗談を言ってしまった私。

そんなことはさておき、手にしたトンカツ弁当をどこで食べるかということが問題だ。しばらく歩いていくと、オペラシティと新国立劇場との間の中庭に、パラソルのついた円型のベンチがある。夏休みということもあり、あたりに人気は少ない。

「私、ここで食べる」

今まであたりかまわず、コンビニ弁当をむしゃむしゃやる若者を嫌悪していたが、もう構っちゃいられない。

「でもひとりだと恥ずかしいから、食べる間だけここにいて」

「仕方ないなあ……」

と夫。私はお弁当のふたを開け、すごい勢いで食べ始めた。間が悪いもんで、そういう時に限って、急に人が多くなる。中には「愛の妙薬」の楽譜を手にしている人も……。けれども夫婦ふたりで並んでいるところに、何ともいえない涼しい風が吹いてきた。むしゃむしゃ、トンカツを食べる音とにおい。

私の夏はこんな風に過ぎていった。

聖地にて

夏の終わりの三日間を、和歌山は高野山《こうやさん》で過ごした。「エンジン01文化戦略会議」という文化人の団体で、初めての合宿を行なったのである。

仲間が日頃どんな研究や活動をしているか、オープンカレッジによって知ろうという集まりである。オープンカレッジといっても、あまり宣伝もせず、山中のこととてほとんど身内だけだ。三十数人が車座のようになって話を聞く。

朝から晩までびっしりプログラムが組まれているが、一流の学者やアーティストによるもので、これを少人数で聞くのだから贅沢な話だ。

一日めは到着してすぐ法会《ほうえ》というものがあり、みんな本堂に集まった。ここで世界平和を祈念したのである。そしてそのまま、権大僧正という方が曼荼羅《まんだら》についてレクチャーしてくださった。もう一度学者さんによる曼荼羅講義があり、夜は宴会が延々と続く。私たちは全員宿坊に泊まったのであるが、男性の方は全員雑魚寝《ざこね》。女性の方は気を遣ってくれ、バス・トイレ付きの個室である。とはいっても、本当に狭くてバスはユニット。隣りの部屋の声がつつ抜けではないか。

私の隣室は、漫画家・エッセイストとして売り出し中のA子ちゃんである。彼女の描く漫画も可愛いが、ご本人も可愛い。かなりエッチなものをお描きになるが、それがまた人気という方である。

ここに来るために仕事をうんとまとめてしてきた私は、かなり疲れて宴会も早々に失礼した。すると遅い時間、A子ちゃんの叫び声で目が覚めた。

「えー、やだ〜。そんなことやめて〜。やめてくださいよ〜」

だけどそんなこと言っても、という男性の声がした。

実は明日のシンポジウムで「夜這い論」というのがあるのだ。それに刺激されたよくない輩《やから》が、この女性たちの宿坊にやってきたのかしら……。

が、声はすぐにやんだ。翌朝A子ちゃんに尋ねたところ、

「帰りに外へ軽く飲みに行って、私が払ったんですね。そうしたら送ってくれた電通の若い男の人が追っかけてきて、自分の分のお金を渡そうとするんで、やめてーって言っただけです」

そうですか、失礼しました。こんな神聖な場所で、ヘンなことを想像した私がいけませんでした。

さて二日めは、シンポジウムが何と四つも入っている。朝の十時から夜の七時までびっしりだ。大学生の時だってこんなに勉強したことはない。

まず中沢新一さん、ペマ・ギャルポさんらによる「神と国家」。最近旧約聖書を読んでいる私にはとても面白い内容であった。

その次は最先端医療「ＥＳ細胞」について。胎児から取り出した細胞は、いずれ近い将来、病んだ人々に使われるだろうというかなり怖い話である。が、スライドのために室内を暗くしている最中、疲れから居眠りをしてしまった。

そして午後は「生命の誕生とゲノム」というテーマで、中村桂子さんと松井孝典《たかふみ》さんとがお話しくださる。遺伝子学と宇宙学の権威がぶつかり合ったのだ。

そして最後は「夜這い論」ということで、人気者がずらりと並んだ。奥田瑛二さんの司会に、わが業界からは島田雅彦さん、岩井志麻子さんだ。

「岡山県人のほとんどは、今でも夜這いで結婚している」

という岩井さんの発言に、場がいっきに盛り上がる。入会したばかりで初お目見得の岩井さんはこの後も大胆な発言で、会場の人気を独占した。

そして夜はもちろん宴会。精進料理で、お腹が空いてたまらない。ご存知のように、私はダイエットのため、炭水化物はいっさい禁止なのだ。ごはんを食べられないと、本当にひもじい。ゴマ豆腐と野菜の煮つけ、野菜の天ぷらをあっという間に食べてしまう。仕方ないので、ただ一軒だけあるコンビニに行き、ゆで玉子とピーナッツを買ってくる。それから牛乳のパックも。それでも本当にお腹が空いて仕方ない。これに関しては、苦行の三日間であった。

ところで、私がどうしてこの「エンジン01」の活動をわりと熱心にやっているかというと、幹事になっているせいもあるが、素敵な男性がメンバーに多いためだ。建築家のB氏、学者のC氏、シンクタンク代表のD氏、コピーライターのE氏と、インテリでしかもカッコいい男性が何人もいる。

「みんなすごいですのう。岡山では絶対に肉眼で見られない人ばっかりですワ」

と岩井さんがおっしゃるので、

「でも、みんな私のもんですからネッ。前から私が目をつけてんだから手を出さないでねッ」

と一応釘をさしておく。

女性会員が少ないために、男性の皆さんがとてもよくしてくれるのだ。今どき私のような年齢で、ここまで親切にしてもらえる場所は少ない。

次の日は、墓所を皆で見学したのであるが、案内してくれたガイドさんがひどかった。

オヤジギャグの連発なのである。

水戸家ゆかりの墓所の前では、

「あの石坂浩二さんはあきまへん。女も欲しい（小指を立てる）、子どもも欲しい、なんていう黄門さまじゃ、四十五分で事件は解決出来まへんナ」

素朴な善男善女ならどっと笑うかもしれないが、あたりはシーンとするばかりである。この後も、思いやりをもて、とか、家族は仲よくしろ、とか、ギャグの間につまらん教訓を垂れるのだ。

最後におじさんは言った。

「みなさん、右手を上げて」

仕方なく上げました。

「そしたら自分の頭を撫でる。いいこ、いいこ、こうして自分を誉めてやることが人生には大切です」

もう怒りで上げた手が震えました。こんなつまらないことで、いい年の大人の手を上げさせないで欲しい。

が、おじさんも怒っていた。こんなに団体行動のとれない、笑いもしない、シラケた連中は初めてだというのだ。

「こんなパラパラのお客に、話を聞く資格はありまへん！」

家に帰ったら夫も怒っていた。

「三日間も遊んできて」

ああ、高邁で神聖な行動を理解してくれない人が、こんな身近にいた。

◆美女空間

めんどうくさい

この世でいちばん嫌いな仕事は、出版に向けてのゲラ読みである。印刷するばかりになっているゲラ、すなわち活字を組んだ紙は非常にカサ高い。それが秋の出版に向けて、今、机の上にどさりと置かれているのだ。

「全部、今週中にチェックして欲しいそうです」

ハタケヤマ嬢に言われ、ますます憂うつになる私である。全く自分のしたことを、もう一度見直すぐらい辛気くさくて、イヤなことがあるだろうか。

何度か書いたことがあるが、私は子どもの頃から答案用紙を読み返すことをしなかった。時間が余ると、裏にマンガを描いて先生に叱られたものである。

「そんな暇があったら、どうしてちゃんと読み返さないんだ」

他の生徒は、チャイムが鳴るまでじっと答案用紙に目を凝らしているが、私にはその集中力がない。一度書いたものは、途端に興味を失くしている。そして平均点以下の成績しかとれないのであるが、やっぱり見直すのはイヤなのだ。

こういう私が大人になって、たまたま物書きになった。書くのは好きだと思うけれども、とにかく見直したり、手を加えたりするのが本当につらいの。

「こんなにつまんないこと書いてたっけ」

と後悔するイヤーな気分と共に、とにかくめんどうくさい。私の中ですべて終わってしまったことを、再びひっぱり出されるような感じ。

特に気が重たくなるのが、単行本を文庫にする時のゲラですね。単行本にした時に、あれほどチェックをし、編集者や校閲の人も見てくれていたはずなのに、それでもちょっとしたミスがポロポロ出てくる。

「えー、こんなもんを商品にして、既に読者の元にお届けしていたのか」

と、自己嫌悪に陥る私である。

文学賞の選考委員が書く「選評」というのもはっきり言って苦手。候補作を何作か読み、選考会の席上で論議をする。すると私の中でそのことは全く終了したこととなり、頭からすっぽり抜け落ちてしまう。テンションはいっきにゼロだ。それなのに忘れた頃、「ハヤシさん、選評を」

ということになる。私は書くことと同じように、他の人の本を読むのは大好きなのだが、「選評」には本当に苦労する。

「いつもハヤシさんのがいちばん遅いですよ。他の選考委員の人たちはとっくにお書きですよ」

編集者も呆れ顔である。

要するに私は、緻密さというもの、自分の成し終えたものをもう一度検討するという ねちっこさがまるでないのだ。いや、その前にもあまり検討しようとせず「とりあえず」とか「この場では」といういい加減さが先行しているような気がする。

この頃ようやくわかったのであるが、大雑把な私は、とにかくせかせか生きている。時間がないのと好きでないのとで、洋服を買う時も試着をあまりしない。ニット類などはそのまま買ってくる。

「もしサイズが小さかったら、誰かに譲っちゃえばいいんだし」

いつもそんな適当なことばかりしている。

そんな性根の持ち主だから、対談やインタビュー原稿も直さない。インタビューを受けてそれが活字になると、一部の新聞を除いてたいていはゲラを見せてくれる。不都合があったら、どうぞ赤を入れて直してください、ということらしい。私の知っている作家（特に女性に多いらしいのだが）の何人かは、べったり赤を入れ、原形をとどめないぐらいだと編集者がこぼしていた。

「ちゃんと本人の喋ったことを、テープからおこして活字にしてるんですよ。それなのにあんなに訂正するんなら、最初から喋らなければいいじゃないですか」

　本当にそうだ、そうだと私もずっと思っていた。ところが、このナマケモノの私が、最近送られてきたインタビュー記事のゲラを、時々徹底的に直すようになった。それも赤を入れる程度ではない。ゲラの文字数を数え、

「二十四文字かける三十六行、十八字かける百二十行か……」

　と、そのまま印刷出来るように、びっしり書く。

　ライターの人のレベルが、あまりにも落ちているからだ。こういうことを言ったり書いたりするのは、気がひけるが、少し前までなら、こんなひどいインタビュー記事は通らなかったと思うものが幾つも出てきた。

　若いライターさんがやってきて、結構タメロをきいて帰っていく。そうして出来上がったインタビュー記事の、十本に一本ぐらいは本当に耐えられないものがある。こちらの言うことを全く理解してくれていないし、それ以前に日本語として非常にぎこちない。面白くない、というレベルではなく、おかしな文章なのだ。

　このあいだは五ページ分のインタビュー記事を、文字数を数えて自分で書き直した。もちろん私を誉め賛えるような文章にしたわけじゃありませんよ。インタビューを元に

手を加えただけだ。

私がもしライターの人だったら、こんな屈辱はないと思う。自分の仕事を全否定されたわけだ。

ところが最近の若い人って、わりと平気なんですね。

「あんまりお気に召さなかった感じですね」

と、あっけらかんとした感じで電話がかかってくる。私だったら直接電話をかけたりはしない。まず手紙を書くけどなあと思うが、これ以上言うとますますおばさんっぽくなるからやめておこう。

とにかく私の目の前には、四冊分のゲラが置かれている。

そして三日後、新連載小説の〆切りがある。新連載の一回めを書く時は、いつも緊張と不安の中にいる。しかも今回は初めての時代小説なのだ。今まで明治や大正、昭和初期を舞台にしたものはあるが、江戸は初めてである。これがどんなにむずかしいものか知っている。

よく調べず「とりあえず」書いて世に出したりしたら、失笑を買うだけだ。

ああ、まだらにやってくる自分のパワーが恨めしい……。

若いコったら……

「ハヤシさん、聞いてよ」

私よりいくらか年下の友人が言った。

「このあいだ若いコたちに、宇多田ヒカルのお母さんの藤圭子は、昔、前川清と結婚してたのよ、って教えてあげたの。ところがね、今の若いコって、前川清は知ってても、フジケイコって誰ですか？　ってもんよ」

せっかく驚かそうと思っても、これじゃあ教えた甲斐がないわと、憤慨しているのである。

これは編集者から聞いた話だが、ある女性有名人のところへ行った若いライターが、興奮しながら帰ってきた。

「あの人って、過去にものすごい恋のスキャンダルがあったんですね、いろいろ話して

ください ました」

その編集者にとってみれば、彼女のスキャンダルなど、日本人すべてが知っていることだと思っていたのでびっくりしたそうだ。

今、私たちにとっては常識だが、若い人たちが知らないことはいっぱいある。

朝の連続ドラマで人気の浅田美代子さんは、その昔、吉田拓郎さんの奥さんだった。

カリスマ美女、中山美穂さんはその昔、トシちゃん（田原俊彦さんのこと。念のため）とハワイ旅行へ行く仲だった。

ショーケンといしだあゆみさんは結婚してた。

が、こういうことを話しても、反応がないと実に淋しい。

「それがどうしたんですか」

などと若い人に言われた空しさ……。

本当にそれがどうなんだ。どうってことがないのはわかっているけれども、やっぱりこういうことを伝えるのが、私たちの使命だと思っているの。

私はこの頃しみじみと考えるのであるが、人の過去というのは有名人や人気者を軸にまわっているところがある。

あの年は聖子ちゃんが結婚した年だった。ＳＭＡＰがデビューした年に私も就職した、という風に、人は心に刻み込んでいく。

　だから大スターの死というのは、大きな節目になる。たいていの人は、美空ひばりや裕次郎の死んだ年に、自分が何をしていたか言うことが出来るであろう。

　カッコよすぎる話であるが、裕次郎さんが亡くなった時、私はパリにいた。雑誌でパリコレを取材するため、二週間そこの出版社の支社であるアパルトマンで暮らしていたのだ。

「石原裕次郎が亡くなったので、ぜひコメントをください」

　日本のスポーツ紙から国際電話がかかって来た。詳しいことがわからないので記事を送って、と頼んだところ、支社のＦＡＸは一時間以上動いて紙を吐き出してくれた。一般紙、スポーツ紙すべての記事を送ってくれたのだ。このＦＡＸをパリの日本の人たちにあげて、大層感謝されたのを昨日のように憶えている。

　聖子ちゃんの離婚の時は、ニューヨークのホテルにいた。この時もコメントを求められたのであるが、ＦＡＸは送らないでと私はしつこく言った。部屋のＦＡＸは、受信するだけでも五分間十ドルぐらいとられるのだ。

　けれど要望にもかかわらず、私の部屋のＦＡＸはずうっと動き続けた。記事だけではない。聖子ちゃんの泣いている写真まで、ご丁寧に引き伸ばして送ってくれたのだ。おかげでチェックアウトした時、千ドル近い電話料金を払うことになった……。

　まあ、スターというのは他人の年譜に勝手に刻まれていくのである。

しかし私の場合、刻まれるのはスターだけでない。失礼ながらさほど有名とはいえない方のことが、いつまでも心にひっかかってしまうのだ。

私の家のまわりはお寺が多い。ある日駅を降りると、大きな立看板があった。

「故竹腰美代子葬儀会場」

矢印がつけられている。

「えー、あの竹腰さんが亡くなられたんだァ……」

しばらくショックでその場を動けなかった。

竹腰美代子さんという人の名を、今いったい何人が憶えているだろうか。亡くなられた皇太后さまに指導したぐらいの、有名な美容体操家だ。昭和四十年代、この人がテレビに出ない日はなかった。クレージーキャッツの安田伸さんと結婚し雑誌への登場も多かった。私は竹腰さんが家族のことをお書きになった『いつもお陽さま家族』という本を持っているのだから、かなりのマニアであろう。お金はないけれど、家族みんなが途方もなく明るく、仲がよい商人一家のことを描いたものだ。

安田さんとご一緒の写真をよく女性誌で見、いかにも仲のいい初老の夫婦という感じであったが、安田さんも逝き、竹腰さんも亡くなってしまったのだ。

それなのにマスコミの記事の扱いはどこも小さく、私はすっかり腹を立ててしまった。

そして竹腰さんよりもかなり前、

「三保敬太郎《もほけいたろう》さん死去」

という小さなべた記事を見つけた時も、やはり驚き、そして哀しくなった。

もう三十数年以上も前のことになる。従姉《いとこ》がとっている「若い女性」を読むのが私は好きだった。今読むと吹き出したいほどたわいないことなのに、ちょっとエッチっぽい記事が出ているのを読みたかったからだ。ある日、

「プレイボーイ、ついに結婚」

という手記が載っていた。プレイボーイとして有名な作曲家の三保敬太郎さんが、ついに年貢をおさめる、相手は教授の令嬢だという。

「プレイボーイなどといわれるのは不思議だ。噂になった水谷良重ちゃんとは、ジャズを教える、教わるという仲だった」

などという文章を、なぜか今もはっきりと憶えている。三保敬太郎という人も知らなかったし、その後も写真や名前を見ることもなかった。

次にこの方の名前を見つけたのは、

「三保敬太郎さん死去」

という皮肉。奥さんとも離婚して、ひとりで療養中だったという。いかにも六〇年代の寵児という感じで、サングラスがよく似合っていた「若い女性」の記事を思い出す。

「六〇年代の色電球がひとつ消えた、っていう感じよね」

といったら、若い人に、

「それがどうしたの」

と突っこまれそうだ。

あの方たちのことをどうやったら伝えられるだろうかと、この頃よく考えている。

ファンの赤福

昨日、目白のフォーシーズンズホテルで、ファンの集いが行なわれた。抽選と作文によって選ばれた十人の女性と、ティタイムを過ごしたのである。読者ではなく、ファンと呼ぶのも物書きの場合おかしいが、この際仕方ないだろう。また自分の読者を誉めると、これは完全に自画自賛ということになるのであるが、やっぱり言っておきたい。

皆さん、すご～い美人でおしゃれさんばっかりだったのだ。

応募券が文庫についていたということもあるのだが、どの方も若く、二十代後半から三十代前半といったところ。

「なんか粒よりですね。別に顔や年齢で選んでいるわけじゃないですけど、どなたも、すごくキレイですよね～」

と編集者も驚いていた。

皆さん全員おしゃれをしてきていて、ワンピースやスーツがほとんどだ。ちらっと見ただけで、完璧なマニキュアをしているのがわかった。

一方、美容院でも行っておこうと思ったのに、私はいつものような寝グセ髪。ネイルサロンにも、幾久しく行っていないのが恥ずかしい。女性のファンというのは、こういう時、実にこと細かく見ているのだ。サイン会の後、ファンレターを貰うと、

「ミュールの踵が綺麗になっていて、さすがでした」

なんて書いてある。日頃はだらしない私であるが、ファンの方々の前では絶対手を抜かないようにしている。しかし今日は朝から忙しく、無念であった。

出席者のひとりが言った。

「電車の中で、ハヤシさんを見たことがあります。声をかけようと思ったのですがその勇気がなくて、前の席に座りました。ハヤシさんはグリーン系のツイードのスーツに、同じ色のシャネルのバッグを肩からぶらさげていました。足を左に流して座ったのを見て、私はものすごく感激しました。だってハヤシさんが描く自画像そのままだったんですもの」

私は冷や汗をかいた。その時はたまたまおしゃれをしていたからいいものの、ここまで見られていたなんて……。

それにしても、本当に美人揃いである。宮城、函館、名古屋、大阪は言うにおよばず、なんとシンガポール、ウイーンからの出席者がいた。シンガポール在住の方は、この会のためにわざわざ帰国してくれたそうだ。有難くて涙が出そう。

職業はさまざまで、主婦の方もいるが、医師、アパレルメーカー、映画の製作会社勤務、といったキャリアウーマンも多い。ウイーンからいらした方は、オーストリア航空のキャビン・アテンダントで、あちらをベースに暮らしているそうだ。

「今日は仮病を使って休みました」

というのは某銀行に勤めている方だ。

そうかと思えば「スターバックス」でバイトしている人もいる。聞くと私がしょっちゅう行く青山方面ではないか。

「ハヤシさんが来てくれたら、ホイップクリームをたっぷりサービスしちゃいますよ」

という嬉しい言葉と共に、〝スタバ〟のコーヒー引き替え券もくださった。

「あ、私からもお土産です」

名古屋の方は「赤福」をくださった。私の大々好物である。が、ここんとこダイエットで口にしてないけど……。

その他にワインやチョコレート、ビデオなど、皆さんお土産をくださる。私なんかマリコ人形のストラップしか用意しなかったのに……。

「これ、私が焼いたパンです。今、パンづくりに凝ってるんです」

とくださった方もいる。

みんなお菓子をくださる時は、

「ハヤシさん、ダイエット中なのはわかってますけどほんの少し」

と口上つきである。こんなに心配してくれるなんて、本当に私は幸せである。ありがとうございます。

ところが今日、疲れからか頭がぼうっとしてしまう。やたら眠い。うまく頭が回転しないという感じだ。

「こういう時、甘いものをちょっとでも食べると違うのよね……」

私のつぶやきをハタケヤマ嬢が聞いていた。

「昨日いただいた赤福を持ってきましょうか」

「やめて、絶対にやめて」

と私。

「あなたさあ、もう十二年も一緒にいれば私の性格がわかるでしょう。たった一個の小さい赤福だけど、ちょっとでも口に入れれば、あとは絶対もう歯止めがきかないってことを。私の性格のだらしなさ、根性のなさ」

「でも、ハヤシさんぐったりしてますよ。赤福一個ぐらいいいじゃないですか」

と言って、小皿に入れてもってきてくれた。

「ヨウジでちびちび食べたら気が済みますよ」

が、私はひと口で食べた、もうダメかも。これでもうタガがはずれていく予感があった。

そのとたん、いいことを考えた。ダイエットの先生が、休暇をとってしばらくバカンスに行くのだ。来週もさ来週も、ストレッチ体操は休みになる、これぞ天の配剤。この間は好きなものをちびっと食べてもいいっていうことじゃないでしょうか。

赤福の後、私はキッチンへ行き、クッキーの箱を開けた。ちょっとしけり始めたクッキーをむしゃむしゃ。パウンドケーキも厚く切って食べる。

そしてちょうどいただいたばかりの、栗きんとんもいただく。そうきたら、やっぱり昨日、ファンの方にいただいた生チョコレートを。あ〜、これってすぐ溶けるから、いっぺんに口に入れなきゃいけないかもね。

そんな私の様子を、帰ってきた夫に見られた。

「その怖ろしい喰いっぷり。どうしたんだ」

「だって来週から体操の先生がしばらくお休みなの。ストレスたまってたから、その間にちょっとズルして食べちゃおうと思って」

「バカ」

と夫に怒鳴られた。

「ダイエットは自分のためにするんだろう。別に先生のためじゃない。どうしてそのことがわかんないのか」

私が頑張っているのは、自分だけのためではない。ふくれた私は再び赤福に手を伸ばしたのでした。

千秋楽

連休の一日、友人夫婦から相撲見物に誘われた。

国技館には何度か足を運んだことがあるが、今回はいつもと違う。復活を遂げた貴乃花が、優勝を賭けた千秋楽なのである。プラチナシートのマス席だ。

「私なんかにもったいない」

と辞退したのであるが、ぜひどうぞという有難い申し出である。

当日は夫と二人早めに出かける。友人夫婦はまだ到着していないというのに、二人でさっそくビールを飲み始めた。

マス席に行った人ならわかると思うが、入口に着くとまずお茶屋さんに向かう。そしてここの男性に案内され、席につくのである。この時はポチ袋に入れたお心づけを渡すのがマナーと、最初の時に教えられた。きっと昔の芝居小屋もこんな風だったんだろう。

そしてこの男性が、ビール、日本酒を次々と運んできてくれる。紙袋に入ったお土産とは別に、食べ物もすごい。

幕の内弁当、ヤキトリ、甘栗、枝豆、果物、柿ピー、タラチーズ、といったものがどっさり渡される。なにしろ狭いマス席だ。こういうものを次々とたいらげていかないと、空間ができないことになっている。よって必死で食べ、必死で飲む。

ヤキトリや甘栗が、妙においしいのが相撲見物の不思議なところである。昼間からビールを飲み、番付表を見ながらあれこれ予想する楽しさときたら……。

「今日は千秋楽だから、内館さん、来てるだろうなあ」

夫が目で探していたが、すぐに見つけた。

「あ、あそこ。たまり席の正面」

土俵のまわりのたまり席は、いっさい飲み食いの出来ない、本当の相撲愛好者の席だ。そこに内館牧子さんが座っていらした。

さすがに横綱審議委員。パッと目をひく風格と華やかさである。うーん、カッコいいなあ。中入りの時の休憩を利用して、さっそく挨拶しに行った。

「ウチダテさん、この後ごはんどうするの」

「仕事でレポート書かなきゃいけないからご一緒出来ないわ」

みんながこっちを見ている。横綱審議委員が友だちなんて、本当に鼻が高い。

こうしている間に取り組みは進み、大好きな雅山《みやびやま》が勝ってキャーキャー大声をあげる。私は太った男が嫌いであるが、美男の相撲取りは別だ。パーティーで雅山を見たことがあるけれど、惚れ惚れするような男ぶりであった。

そして国技館を揺るがすような拍手と歓声がわき起こる。そう、貴乃花の入場だ。今場所本当に頑張ったよなあ。この人の奮起した姿が、どれほど人々を元気づけてくれただろう。街頭のスクリーンを見上げるサラリーマンのおじさんたちの姿は、何かを祈っているようだった。貴乃花と自分の姿とを重ね合わせていたに違いない。

私はあるシーンを思い出す。あれは十年近く前になるだろうか。若貴ブームが絶頂を迎えた頃だ。川合俊一サンだかのマンションに集まり、彼らはパーティーを開いていた。そのうち、外に詰めかけているマスコミ人に、ちょっと姿を見せてやろうということになったらしい。シャンパングラスを片手に、皆が出てきた。サッカーのカズもいたし、彼の美しい妻もいた。そして酔って顔をほころばせている若貴兄弟。若いスターたちのそのありさまは、「お立ち台に姿を見せた」と書かれ、「傲慢だ」とわりと叩かれたと記憶している。

時々あの無邪気で不遜だった彼らを思い出す。月日がたって、いろんなことがあった。カズも海外へ渡り、たくさんの苦労をした。先駆者であったのに、ワールドカップのメンバーからもはずされた。けれどもカズより、はるかに苦労したのが貴乃花だったろう。

仕事だけでなく、家庭内にトラブルと不幸があいついだのである。

つらいケガを経験し、文字どおり土俵際まで追いつめられたのだ。けれども彼は余計なことはいっさい喋らず、相撲を見てほしいとだけ言った。そしてその成果が今日である。

武蔵丸と向かい合うと体はあちらの方がひとまわり大きい。貴乃花はよく頑張ったが、それでも負けてしまった。

が、予想したほどは座布団も飛ばず、みんな武蔵丸に温かい拍手を送っていた。とてもいい感じであった。

先に友人夫婦は帰ったけれども、私たちは最後までいることにした。これから相撲は何度か見ることがあるだろう。しかし、千秋楽と表彰式を経験することはむずかしいはずだ。ちゃんとみんな見ておこう。

しかし表彰式はものすごく長かった。次から次へと人が土俵に上がり、表彰状をちゃんと読む。あたり前のことかもしれないが、

「以下同文」

と省略されることはなかった。

「内閣総理大臣賞」は有名であるが、この後「メキシコ合衆国友好楯授与式」「フランス共和国大統領杯授与式」と続く。モンゴル、中国、チェコ、ハンガリー、アラブ首長

国連邦と大使館の人が、表彰状を読み上げ、いろんなものを渡す。それだけではない。今度は東京都、福井県、宮崎県と都道府県別の表彰状があり、「大分県椎茸農協賞」なんていうのもあった。このへんの副賞は、野菜一トン、米一年分などとアナウンスがあり、場内の微笑を誘う。

しかし長い。企業のものを含めると、メキシコから始まって二十回の授与式があり、三十分以上かかっている。武蔵丸はさぞかし疲れたことだろう。このへんは「来るもの拒まず」という、大らかな相撲協会の体質によるものだろう。

そして最後は新序《しんじょ》に出世する力士の手打式があった。マゲを結っていない若い力士たちが、土俵に立って三本締めをやる。

本当にすべて見て、外に出るとあたりは闇に包まれていた。秋場所はどこか淋しいというのは本当らしい。私たちはほんのり酔って駅へと向かう。

イヤーな感じ

小泉首相の訪朝以来の、イヤーな感じというのはずうっと続いている。

それは小泉さんに対してでなく、マスコミの過剰さに対してだ。

あの広告を憶えておいでの方もいると思う。朝刊を拡げたら、両面が男性週刊誌の広告であった。片方の「週刊A」の方は「ふざけるな北朝鮮」であり、片方の「週刊B」は「ふざけるな小泉」であった。どちらもものすごく大きな文字が躍っている。私は心からおぞましい気がした。「ふざけるな北朝鮮」もひどいが、「ふざけるな小泉」の下品さときたら、飲み屋でくだ巻いてるオヤジではないか。

いやしくも小泉さんは、わが国の首相である。飲み屋のカウンターでの酔客のヤジみたいなものをそのまま新聞や中吊の広告にするなんてあまりにも品がない。

こういうことを書いたりすると、

「あんたは小泉首相と個人的に会ったことがあるから」

などと言う人がいるのであるが、そんなことではない。私は今回の件に関して、マスコミの暴走を空怖ろしいような気持ちで見た。

「火中の栗を拾う」

という言葉がある。みすみす損な立場になることがわかっているわけであるが、小泉さんはそれをしたのだ。もちろんたくさんのミスもあった。北朝鮮の罠《わな》にまんまとはまったという見方もある。しかし、私は八人死亡を伝える時の小泉さんの悲痛な顔が忘れられない。あの方の誠実さがよく表れている表情であった。騙された、謀《はか》られたとしても、小泉さんはとにかくあの場に立ったのだ。

今頃になって大キャンペーンをどこのマスコミもやっているが、ちょっと前まで拉致家族のことなどちょびっとしか取り上げなかったではないか。「北朝鮮はこんな非道な国」などと特集を組んでいるが、今どきこんなおぼこいことしちゃって。北朝鮮がどういう国かということは、この私でさえかなり詳しく知っている。

とにかく小泉さんが訪朝しなければ、あの暗く重たい扉は開かれなかったのである。その扉の向こう側の非道さを小泉さんのせいにするのは、いささかやつあたりというものであろう。

今日も週刊誌を見ていたら、田中均外務省局長の自宅が、グラビアに出ていた。例によって「新築大豪邸」というイヤらしい書き方である。

「エリート生活を満喫しているこの男が、肉親を拉致された家族の痛みを受け止めているとは、とうてい思えない」

これってあきらかに「坊主憎けりゃ」である。三世帯の家というから、ご実家か奥さんの実家に土地があったのであろう。外務省のエリートが、ちょっといい家に住んでいたとしても、全く構わないではないか。別に汚職をしていたわけでもない。それなのにどうして、

「拉致被害者家族の痛みを受け止めているとは、とうてい思えない」

ということになるのであろうか。田中局長のいたらぬところは、ちゃんと批判すべきであるが、いい家に住んでいるから「人の痛みはわからぬ」と裁くこの発想の貧しさ。やっかみのイヤらしさ。

ここの週刊誌は、どこかの県知事をやたら持ち上げているが、彼に対する千分の一の好意を、どうして小泉さんに持てないのか。好意は持てないにしても、それなりの礼儀はあってしかるべきではないか。

けれども今回ぐらい、男と女の違いを見せつけられた出来ごとはなかった。私のまわりの男たちの怒り方といったら、ちょっと尋常ではなかった。

「拉致された家族のことをどう思っているんだ。日本人がひどいめに遭ったんだぞ。そ

れなのに小泉のやつ、金正日《キムジョンイル》と握手なんかしやがって。許せない」

「あんな国にもう金も米もやることない。あんな国とつき合うことないじゃないか」

激しい憤りを見せているのはたいてい男性で、それに反して女性の方はぐっと冷静である。

「とにかく金正日を、ああいう場にひっぱり出したんだから、それだけで評価すべきじゃないの」

「外交って、もっと長いスパンで考えるべきでしょう。無茶苦茶なことやってる国とだって、とにかくつき合うっていうことが大切なんじゃないかしら」

わが家でもそうであるが、私のまわりでも訪朝をめぐって、相当激しい夫婦喧嘩があったらしい。

「じゃ、あなたは小泉さんがあの場で席を蹴って出てくればよかったんですか。国のトップ同士の会談で、バカヤローって怒鳴ればよかったんですか」

という女の声は、

「じゃお前は、拉致された横田めぐみさんが可哀想だと思わないのか。娘を攫《さら》われて殺された家族の気持ちを考えたことがあるのか」

という男の声にやっつけられたようだ。まぁ、こういう男性の声を代表し、凝縮したのが、男性週刊誌の記事といえるであろうが、私は毎日非常にイヤーな気分に陥っている。

このような男性的な盛り上がり方を初めて見た。男性的な、極めて男性的な高揚。こういうものは私の大嫌いな愛国主義へと繋がっていく。この昂ぶりが明治の日露講和条約の後、日比谷を焼き打ちに遭わせ、昭和八年に国際連盟を脱退し、それこそ、

「席を蹴って出てきました」

松岡洋右《まつおかようすけ》を英雄にしたのではないかと、そのぐらい私は心を痛めていた。

ところがアンケートによると、小泉さんの訪朝は高い支持を得ているのである。マスコミの煽動に、国民がのらなかったということもあるが、それよりももっと女性的なものの力の方が強かったといえるのではないか。

どう考えても理屈も涙も理解しそうもないあの総書記に、バカヤローと言うことは出来る。お前の国なんかとつき合うもんかと言うこともひとつの道だ。しかし、誇りや威信を掲げてカッコよい国になることよりも、とにかく戦争を起こさないでほしい。こっちが耐えに耐えても、ご近所とは喧嘩したくないという、〝女の正義〟が今回は男の倫理を負かしたのではないか。

そういえば今回はいつになく、「朝日」や「赤旗」の社説と気の合う、頷《うなず》く私であった。

パーティー

記憶力が悪い、というのは今さら始まったことではない。

このページでも何度か書いていると思うが、特にひどいのがカタカナで、もし私がふつうの仕事をしていたら、脳に欠陥があると多くの人に指摘されたことであろう。

先日、オペラの字幕のセリフをつくった。それこそ打ち合わせを何回もしたし、この目でもちゃんと見た。しかしいざ口に出そうとすると、主人公たちの名前が舌にのせられないのである。別に長ったらしい名のロシアオペラの登場人物ではない。ごく平凡な外国人の名前が、どんなことをしても憶えられないのである。

これは単に記憶力が悪い、ということだと思っていたら、テレビで学者さんが言っていた。世の中には漢字を受けつけない、カタカナをはじき返す脳の持ち主がいて、こういうのはあきらかに病気の一種だというのである。

おそろしいことではないか。実は私、病気だったらしい。記憶力の悪さだけでなく、片づけが苦手、ということも昔からの悩みであった。汚ない、なんていうもんじゃない。新聞紙やミカンの皮、食べかけの菓子の袋、なんていうものが部屋の中で層をなしていたのである。

私は若い頃、ある私鉄沿線の駅前に住んでいたのであるが、駅がごく小さく、ホームに立つと部屋が覗ける近さであった。これは本当かどうかわからないけれども、口の悪い友人から、

「あんたの部屋のゴミの積み重なっている様子が、カーテンごしに見えるよ」

と言われたことがある。

大人になってからは、友人に頼んで一緒に片づけをしてもらった。次のゴミの日に、二十個のビニール袋を出したのであるから、すさまじい散らかりようだったのだろう。

私は度が過ぎただらしなさ、という風に考えていたのであるが、最近はこれも病気のひとつだとみなされている。これを聞いて、救われた気になった人間が何人いるだろうか。もっと早く知っていたら、あれほど悩まなかったかもしれない。一時は結婚できないと思いつめたぐらいだ。

まあ、片づける方は、大人になれば人に頼んでやってもらう、ということが出来る。けれども記憶力の方は、年齢を重ねれば重ねるほどひどくなっていく。

私は最近たいていの人の名前と顔を忘れてしまう。一回食事をしたぐらいの相手なら、きれいさっぱり忘れてしまう。半月間、一緒に海外取材旅行をしたコーディネイターでさえ、道端で会ってもわからないことがあった。旅行に出かけたのはわずか二カ月ぐらい前だったというのに。

私はパーティーが苦手なのであるが、浮世の義理というやつで、たまには出なくてはならない。

パーティー、それは記憶力と社交力とが試される場である。

「ハヤシさん、お久しぶりですね」

何人かの人が声をかけてくださる。その人の親しみの度合いから、私は自分との仲を推理する。

「いやあ、ご無沙汰しちゃってすいません」

「こちらこそ……」

「もうあれから、何年たつかなあ」

「そうですねえ……」

こうした会話から、私とこの方とは通りいっぺんではない何かがあったのだと推察しなくてはならない。

「それじゃ、また、やりましょう」

「はい、ぜひ、お声をかけてください」

この後、相手の人が振り返る。

「あ、ハヤシさん、引越したんでしょう。名刺頂戴」

「ハイ、ハイ」

これですべてがわかるのだから、喜んで差し上げます。相手の方も当然くれるのだから、これで一件落着。

困ってしまうのは、最近名刺交換をした後、一回か二回、ご飯を食べた、というぐらいの人ですね。彼、もしくは彼女の顔にかすかな憶えがあり、あちらはものすごくフレンドリイである。ハヤシさん、ではなく、マリコさん、マリコさんを連発する。しかし私は、この人との関係がわからない。

誰かがこの人の名を呼んでくれないだろうか。お願いします、この人は誰なんだ！

私の願いが通じたのか、横から人が割り込んでくる。

「〇〇さん、お久しぶりですねぇ」

やっと思い出した。このあいだ旅行先で紹介され、二日間行動を共にした人ではないか。通訳代わりにあちこち連れまわした人のことを、キレイさっぱり忘れてしまったらしい。

しかしこの頃、私は少々居直ることにした。どうしても思い出せない人には、はっきりと尋ねることにしたのである。

「失礼ですけど、いったいどなただったでしょうか」

「イヤだなぁ……」

こういう時、たいていの人は不快気な表情になる、聞いてみると、私が何らかの形でお世話になった方々ばかりではないか。むっとするのはあたり前である。

こういう時のいい逃げ道をつくった。

「すいません。ちょっと感じが変わられたもので」

即座に謝ることにした。

「だって髪型、変えられましたよねえ……」

責任をあくまでも相手になすりつけるのである。

「そうかもね……」

ほとんどは納得してくれる。なぜならば髪型を変えない人はいないからだ。けれども気をつけなくてはいけない。あるところでこのテを使ったら、露骨にいやあーな顔をされた。聞いたところ、その方はこの二、三年で見事にハゲられたというのである。

さらに困るのは、有名人の方々ですね。私はしょっちゅうテレビで見ている人の名前もとんと憶えられない。彼らは当然自分の名を知っていると思っているので、非常に困ったことが起こる。こういう方々には、間違っても名前なんか聞けません。よって私は、年輩の文化人（らしき人）は、先生と呼ぶことにした。若い芸能人だったら、近くの人をつかまえて、とにかく名前だけは知っておく。

パーティーで、こんなに脳をフル回転させている人は、あまりいないと思う。最近は脳のリハビリの場と考えるようにしている。

ああ、おいしい

三枝成彰さんと、四国の高松へ出かけた。仕事にかこつけて、うどんを食べに行ったのである。

以前から私は、おソバよりもうどんの方が好きだった。今頃の季節になるとよく知り合いから、

「新ソバを食べに行こう」

と声がかかる。が、私は新ソバの繊細さを受けとめるだけの舌を持っていない。それよりも、やたらマニアックになるソバ業界についていけないの。やれ打ち方がどうの、つゆがどうのというお講釈が続き、シロウトは食べ方がよくないと叱られる。たっぷりとつゆに入れては駄目なんだそうだ。

おまけに名店といわれるところは、量がちょっぴりで値段が高い。日本酒と板ワサな

んかでちびちびやるのが通なんだそうだが、お昼どきを抜かしていってもたいてい混んでいて長居をしづらい。

私は何年か前から、おソバというのはエラそうなもんだと思っていた。そこへいくとうどんは単純においしく、別にこれといった知識や心構えもいらない。私はずっと「うどん党」と心に決めていたのであるが、あれ嬉しや、世の中はうどん、うどんという声が高くなっている。今や讃岐《さぬき》うどんはブームとかで、渋谷の公園通りに出来た店には、一杯百円のうどんを食べようと、夜まで長い列が出来ている。

聞くところによると、三枝さんも無類のうどん好きだそうだ。

「五杯ぐらいは食べようね」

と飛行機の中で言われた。実は私たち同じ先生についてダイエットをしている。今、この先生がバカンスで海外へいらしているので、その隙に食べまくろうという魂胆《こんたん》だ。

私たちが高松へ行くというので、A氏が案内役を買って出てくれた。この方はふつうの学者さんなのであるが、実家がうんとお金持ちで広大なお邸《やしき》にはゲストハウスがある。ホテル代がもったいないので、そこに泊まってくれという有難いお申し出である。

空港に着くと、コピーライターのB氏が出迎えてくれた。詳しいことは話してくれないが、しょっちゅう高松に来ているところを見ると、讃岐うどんのキャンペーンか何かの仕事をしているのかもしれない。地元で編集プロダクションをしているC氏も一緒だ。

この方は本をいろいろ企画し、うどんブームの仕掛け人と言われているそうだ。

　C氏のライトバンに乗ろうとしている我々の前に、な、なんと一台のキャデラックが。A氏のお父さまが寄越してくれたのだ。キャデラックに乗って、うどん屋へ行くのはかなりミスマッチであるが、めったにない経験だ。

　まずC氏が連れていってくれたところは、畑の中の名もないうどん屋であった。昼どきとあって短い行列が出来ている。農作業の途中という感じの女性が、ビニール袋にゆで上がったばかりのうどんを入れてもらっている。これでお昼にするんだろう。私たちもさっそく行列に加わる。

　目の前に黒板があり、こう書かれていた。

「マナーの守れない人はお断わりします。お釣りのないようにお願いします」

おソバほどでないにしても、うどんを食べる時は地元のルールというものがあるらしい。それを知らない、私らのような観光客が店を荒らしている様子だ。

「私たち何もわからないので教えてください」

　C氏に頼んだところ、

「熱いか、冷たいか、固いか、やわらかいか、それをまず伝えてください」

と教えてくれた。待っている間、カウンターの上を見ると、天ぷらもおいしそうだ。チクワ、イモ、カボチャ、アジといったものが並んでいて、それを幾つか皿にのせてもらう。この天ぷらをトッピングにしてうどんをいただく。ちなみに天ぷらとうどん五杯分で八百円とちょっと。うどんはなんと一杯九十円であった。

ネギがたっぷり入ったおつゆは、ダシがよくきいていてとてもおいしい。うどんはやや固めだが、これはこの店の特徴だ、などと話すC氏の丼は、いつのまにか空になっている。

「食べるの、随分早いですね」

「僕ら地元の者は、うどんは嚙まないですすり込むんです。だからあっという間に食べちゃいますよ」

といっても、地元出身のA氏はお坊ちゃまなのですごく遅い。こういうお店に来るのも初めてなのだそうだ。

C氏はさらに言う。ちょっと前まで高松では喫茶店でもうどんを出してくれた。けれども年ごとにそういうお店が減っているという。その代わり個性ある専門店がすごい人気だ。「うどん巡り八十八ケ所」をしている人も本当にいるとか。

「じゃ、次の店へ行きましょう」

またキャデラックで移動。恥ずかしながらこの車に乗るのは、人生で二度めぐらいである。何とその貴重な体験は、百五十円のうどんを食べるためになされたのである。

製麺所がやっているその店は、セルフサービス式である。うどんの玉の入った丼を受け取り、自分でおつゆを入れ、ネギ、ショウガ、天カスをトッピングしていく。私はどれもいじましいほどたっぷりと入れた。こちらのうどんはやわらかめで、茹《ゆ》でたて独得のねっとりとした艶《つや》を持っている。口の中に入れるとうどんの量感ともちもち感がたまりません。う、うまい。これで百五十円なんてバチがあたらないだろうか。

五杯分七百五十円はC氏が払ってくれた。初対面の男性にご馳走《ちそう》してもらうのは心苦しく、

「割りカンにしてください」

と言ったところ、このくらいはと笑われた。お礼にと見わたすと、ガラスケースの中に太巻き寿司が入っている。一皿百五十円で三切れついてくる。

今回わかったことであるが、高松はうどんだけでなく、オプションもやたらおいしい。天ぷらも抜群だが、お寿司がいい。甘味の強いお寿司がうどんとやたら合うのである。私はおごってもらったお礼に、このお寿司を二皿ケースから出してもらう。うどんと共に頬張る。幸せ。ソバ派の気取っている人たちに、ザマーミロっていいたい気分。ああ、おいしい。

島のネコ

「島へ遊びに行こうよ」

と、うどんを食べ終えた頃、三枝成彰さんが突然言った。

「僕が時々行く島なんだけど、とってもいいところなんだよ」

なんでもフェリーで四十分ほどのその島は、人口が二百五十人ほどで、しかも減りつつある。島には年寄りとネコばっかりだそうだ。

三枝さんがその島へ行ったのは、本当に偶然だという。瀬戸内海の小さな島へ行きたくなり、近くに仕事があった時にぶらっと寄った。初めて訪れた数年前には一軒だけ旅館もあったそうだが、今ではそれもない。小学校も廃校になった。飲み屋もなく、雑貨屋の片隅でおじいさんたちはその場で買ったビールや日本酒を呑む。そして昔話をするのが日課だという。

あまりにも気に入ったので三枝さんはお嬢さんにそのことを話した。お嬢さんは泊まり込んでドキュメンタリービデオを撮った。島の老人たち何十人かにインタビューした。それによって、三枝さんの島との結びつきはますます深くなったという。

港へ行くと、十分ほどでフェリーが出るところであった。車が二台ほど乗る、そう大きくないフェリーだ。宅配便のおじさんが来て、ダンボールを幾箱かことづけていた。私たち以外の乗客は八人。煙草をすぱすぱ吸いながら喋る初老の男性二人に、作業服の中年男性二人。あとは親子連れ、おばさん二人という構成である。

小さなフェリーというのは、それだけでもの哀しい。単調な波の音が聞こえる。やがて桟橋に着いた。ものなれた様子で三枝さんはすたすた左へ曲がる。

あたりは古い家ばかりである。何という建築様式なのであろうか、潮風を避けるために前庭がなく、塀の一部のような入り口がある。黒い塗料が板に塗られているのも面白い。

ネコがやたら道に落ちている。まさに落ちている、という表現がぴったりで、道に何匹も寝そべっている。ここは人間よりもネコが多いところだそうだ。島を出る時捨てられたネコが、すごい勢いで増えていったらしい。

ネコもいたがイノシシもいた。どういうわけか小屋に飼われていたのである。

左の方に歩いていくと、墓地になった。こちらの風習で土葬のお墓はどれも大きい。

そこから見える海の美しさといったらなかった。ぼうっとかすんで小さな船がいく。近くの島が見えるが、ヘンな新しい建物がひとつもないので、きちんとした緑を保っている。

「なんて素敵なところなの」

私は叫んだ。

「この島って、映画のロケにぴったりですよね」

「瀬戸内海の綺麗さって、エーゲ海にも負けないと思うね。世界でいちばん綺麗なところだよ」

と三枝さん。

「だけどうまく活用されてなくて、観光地を別にすればだんだん過疎になるばかりだ。ま、それも風情があるんだけどね」

私たちは三枝さん馴染みの雑貨屋へ行った。ここのおばさんは、島のマドンナにして私設バーのマダムということになる。六十前ぐらいの、肌の美しい女性だ。

聞いていたとおり、店の片隅のテーブルで、おじいさんが焼酎を呑んでいた。私たちもビールとおつまみを買い、その場で呑む。

「ここの店は何でもあるんだよ。食料品、お酒、雑貨はもちろん、ほら、あれを見てごらん」

三枝さんの指さす方に、なんと卒塔婆《そとば》が何本か無造作に置かれているではないか。露地ボウキの傍に、お墓に立てるアレがあるのには驚いてしまう。

おばさんは私たちに、今日は八幡さまの宵宮《よいみや》だと教えてくれた。

「明日ならカラオケもあって、本当のお祭りで楽しかったのにね」

八幡さまへは右へ行く。私はネコたちのために、煮干しの大袋を買った。右方向にもネコがやたら落ちている。

「だけどこの島は、ゴミひとつ落ちていないよ。本当に清潔なところだね。きっと住んでいる人たちが、心を込めて毎日お掃除しているんだよ」

高松市に実家のあるA氏が言った。こんな綺麗なところに煮干しをまくのは気がひけたのであるが、とんでもない。すぐにネコのグループが私たちをめがけて飛んできた。

その群から一匹はずれて、チビネコがいた。煮干しを与えたのだが、食べられないぐらい小さい。最近こんなにみっともないネコは見たことがないぐらい、痩せて器量が悪い。目やにがいっぱいついている。

「そうだ、いいこと思いついた」

私は振り返る。

「Aさんの実家って大豪邸なんでしょう。このネコ一匹ぐらい、どうってことないでしょ。お願いします」

えーっと後ずさりするA氏。

「うちの親はネコが嫌いなんですよ」

「そんなこと言わないでくださいよ、かわいそうだと思って……」

というやりとりがあった後、A氏は条件を出した。

「このネコがもし、桟橋までついてきたら、縁だと思って飼ってもいいよ」

「やいチビネコ」

私は顔をのぞき込んだ。

「もうじき冬がくるよ。ここで短い一生をおくるか、キャデラックに乗って帰って、大豪邸のネコになるか、あんたの心がけ次第だよ」

そして神社におまいりした。少しばかり包んでお渡しすると、集まっていた方々はあ呑んでいきなよと、ビールを勧めてくださる。肴《さかな》のアジのナマスがものすごくおいしい。

ちょっといい気分で外に出ると、何匹かのネコが私たちを待っていた。どうやら煮干しの情報が伝わったらしい。中にあのチビネコもいる。

「いい、桟橋まで来るんだよ。あんたの運命の分かれ道だよ」

私の願いが通じたのか、チビネコは後を追ってくる。なんとけなげな奴……。桟橋まではもう十メートル。ガンバレ。君には輝かしい未来が待っている……。

その時ネコは足をとめた。くるりひき返す。どうやら親ネコが呼んだらしい。

「豪邸も親の力には勝てなかったってことか……」

私はため息をついた。

ワインの違い

あれは十二、三年前のことになろうか。

あるホテルで「週刊文春執筆者の集い」が開かれたのである。「週刊文春」が、どうしてこのようなことを思いついたかわからない。なぜならこの小さなパーティーは、後にも先にもこの一回しか開かれていないのである。おまけにこの時、全員で記念写真を撮ったのであるが、これを貰った憶えもない。あまり盛り上がりもなかった不思議なパーティーであった。

早々に私は引き揚げ、買物でもしようと地階のアーケードを歩いていた。そこで私はひとりの男性とすれ違ったのである。驚きで私の足は止まり、ふり返らずにはいられなかった。生まれて初めて、こんな美男子を見たと思った。仕事柄、いい男とかハンサムな人とはよく会う。二枚目俳優とも話をしたことがある。が、彼の素敵さというのは、芸能人のそれではなかった。自分の美貌を職業にしていないクールさがあった。いったい何をする人だろうかと、私はしばらくそこにたたずんでいた。

やがてそこに、当時文藝春秋の社長をしていらしたT氏が通りかかった。さっきのパーティーからのお帰りだったのだ。

「や、どうも」

私にややそっけない挨拶をして通り過ぎようとした時、近くのショップからあの男性が出てきた。T氏は叫び声をあげ、彼に近づき、いかにも親しげに肩を抱くではないか。会えたことが嬉しくてたまらないかのように笑いかけ、何やら話している。私はその間、二人の前に立ち、ぴくりとも動かなかった。このような無礼なことをしたのは、もちろん初めてだが仕方ない。今を逃したら、この男性とは二度と会えないはずだ。「紹介してくれないと動かないからネ」との思いを込めて、じっとT氏を見つめた。T氏の方には、こんな下品な女に紹介しなきゃならないなんて……という気持ちがありありと見てとれたが、「執筆者の集い」の帰りということもあり、本当に仕方ない、という感じで口を開いた。

「辻静雄さんのご子息の芳樹さんです」

「まあ、なんて偶然なんでしょう！」

かん高い声が出た。

「お父さまのディナーに、わたくし何度かうかがったことがありますわッ」

たった二回だけであるが、何とか話のきっかけをつかんだ私は必死である。

「その時、お父さまにお写真を見せていただきました」

これは本当である。ディナーが開かれた辻邸のダイニングルームの棚には、ラグビーをしている少年の写真が飾られていた。イギリスの全寮制の高校に留学させている息子ですと、辻氏が嬉しそうに語っていらしたことを憶えている。

が、T氏の方は早く私の話を打ち切りたいようであった。じゃ、またとその辻氏のご子息をどこかへ連れ去ってしまった。またひとりたたずむ私。

あれから月日は流れた。芳樹さんは亡くなったお父さまの後を継ぎ、辻調理師専門学校の校長になられた。静雄氏があまりにも早く亡くなられたので、いろいろご苦労もあったと思うが、それが芳樹さんに大人の陰影をつけ加えた。

そしてなんという幸運か、私は芳樹さんと時々お会いする仲になったのだ。皆が一本ずつワインを持ち込み、楽しく割りカンでご飯を食べる「ワインの会」に、芳樹さんもたまにお顔を見せてくださる。

初めておめにかかって以来、年増になった私はさらにいい男、美男子、スターという男性に何人も会った。けれども芳樹さんほど素敵な人はいなかった。お父さまの静雄氏は、わが国に本物のフランス料理とそれをつくるシステムをもたらしてくれた方であるが、同じ情熱をご子息の教育に注がれたのではないか。いろいろ帝王教育をなさり、それは見事に実を結んで、この方には知性や気品に加えて、ヨーロッパの優雅さがある。

このあいだ皆とバーで飲んでいる時、芳樹さんは静かに足を組んで座っていらしたのだが、その姿勢のよさ、エレガントな雰囲気は、ちょっと形容しがたい。日本人にはない、憂愁というものが漂っていた。

「カッコいいわよね……」

私たち女性陣はため息をつき、うっとりと眺める。ふと私は思いついて、傍の男性に言った。

「ヨコちゃん、悪いけどちょっと足組んでくれない」

「ワインの会」のメンバーで、典型的日本人体型の彼は、けげんそうな顔をしながらもすぐに応じてくれた。それを見て、

「こうも違うもんかしらね」

私はうなった。

「芳樹さんとは全然違うじゃないの」

酔っていたとはいえ、この時の私の行為はあまりにもひどいと後で皆から非難された。

さて昨夜、大阪阿倍野の辻調理師専門学校でディナーが開かれた。芳樹さんが我々「ワインの会」のメンバーを招待してくれたのである。

ここでのディナーというのはあまりにも有名だ。海老沢泰久さんのご本『美味礼讃』にも詳しく描かれている。辻調理師専門学校の教授たちが、最高の材料を使い、少人数の客のために腕をふるってくれるのだ。辻静雄さんの時代、このディナーの常連は、名だたる美食家ばかりだったと聞いている。素晴らしい皿が並ぶ伝説のディナーを、ご子息の芳樹さんが引き継いだ。

その夜の客は八人。私を除いてみんなワインに詳しい人ばかりである。メインのウサギと鳩の料理に合わせて、ワインはロマネ・サン・ヴィヴァンとムートン・ロートシルトであった。皆はこのワインの違いと感想を口々に言い合う。

「まだ初々《ういうい》しい若い女の子と、熟年女性っていう感じじゃない」

そして、よくある結論になった。

「女性にいろんなタイプがあるみたいに、それぞれの個性があっていいよね。でも美人でなきゃイヤだけど」

ディナーの後バーへ行った。芳樹さんの他には、某大企業の御曹子A氏。この方は歌舞伎俳優さんのような端整な顔をしている。そして知性派二枚目として有名な俳優B氏。ベンチャー企業の若き社長のC氏。この方はいたずらっ子のようなワイルドな可愛らしさがある。

これだけの男性が目の前に並ぶと、自然に顔がほころぶ。男性が美人を好きなのはあたり前だと思う。ワインのようにそれぞれ違う男性の魅力。それぞれ違うハンサムたち。

ああ、大阪まで来た甲斐があったわ。こんなに幸せでいいのでしょうか。

昔の話

先日帰郷したら、駅前商店街のほとんどがシャッターをおろしていた。

この町では何年も前から、駅前再開発の工事が続いていたのであるが、最後の一節といおうか駅前のメインストリートが、いよいよ取り壊されることになったのである。

とても淋しい。ここは私の生まれ育ったところである。昔は古い建物も多く、なかなか風情のある商店街であった。看板やテントの屋根で隠れているが、角の土産物屋は大正時代のアールヌーボー風建築だ。二階の壁に円柱が並んでいる。

うちの母の実家は、この駅前で古くから菓子屋をしていた。私はこの菓子屋を舞台に、幾つか小説を書いたことがある。小銭はあるものの、駅前のよくある和菓子屋である。けれども母は「清水屋」の娘であることをずうっと誇りにしていたし、外に嫁《とつ》いだ従姉たちもそうだ。郡でいちばん早くオルガンとピアノを買った家、というのが母の自慢である。

古く大きな木造の建物だったが、十数年前に代を継いだ従兄が小さなテナントビルに変え、同時に東京のメーカーのチェーン店にしてしまった。かつての職人さんが外でつくって納める「草餅」や「桜餅」がわずかにオリジナルの姿を伝えている。

その従兄も昨年六十二歳で亡くなり、今度の立《た》ち退《の》きである。娘もお嫁にいったのだから、もう商売をやめれば、などとまわりは言ったのであるが、従兄の連れ合いは「清水屋」の看板は下ろさないと決めたらしい。代替え地で再び菓子屋を始めるという。新しい店は一階にコーナーをつくり、「清水屋」やこの町の歴史を展示すると張り切っている。外からお嫁にきた人なのに、この家に伝わる古いものをとても大切にしてくれている。テナントビルの横には、私のひい祖父《じい》さんが建てたという土蔵が残っているのだが、そこからいろんなものを探し出し、由来をうちの母に尋ねる。

といっても、たかが田舎の菓子屋である。たいしたものがあるわけがない。古ぼけた算盤《そろばん》に大福帳、菓子の型、「月の雫」と描かれた看板、花見のための重箱などに混じって面白いものを見つけたという。

「K雄叔父さんの結婚写真。なんと三枚もあるんだよ」

この叔父は高校の教師をしていたのであるが、酒癖が悪いことで有名であった。それどころか女性関係の方もなかなかで、叔母は二度めと聞いていたが三度めだったのか……。身内のことを悪く言いたくないが、叔父夫婦は本当に変わり者であった。退職してからは近所づき合いもほとんどせず、全くの世間知らずの二人だった。

十二年前、私の結婚式に出席してくれた時、教会をとりまく大勢の報道陣に叔母は腰を抜かさんばかりになった。

「義姉《ねえ》さん（私の母のこと）、トーゴーさんはいったい何をしてる人なんですか?! 有名な人なんですか!?」

と詰めよったというエピソードがある。

叔父はこの後すぐ亡くなり、叔母とはつき合いがない。こちらの従妹たちとは、これから先も会うことはないだろう。

私がよくエッセイに書く従姉というのは、山梨に住んでいる本家筋の従姉たちである。かなり年の離れた従姉たちとは姉妹のように仲がいい。

そのひとりがしみじみと言った。

「北朝鮮から帰ってきた人たちを見ると、私、叔父さんのことを思い出す。あの時も町をあげて歓迎したんだよ」

彼女の言う叔父さんというのは、私の父のことである。父は昭和二十八年に帰還した。もう戦死したと思っていた人間が無事で帰ってくるというので、町中歓迎一色に包まれたという。

「のぼりもいっぱいたったし、県会議員やえらい人も駅に迎えに行った。私は叔父さんに花束あげたの憶えてるよ」

六十歳になる従姉は懐かしそうだ。

「叔父さんは向こうで中国共産党に入って、バリバリに洗脳されてたよね。共産党の話ばっかりして、私なんかすぐ中国の国歌を教わったよ」

このことを母に話したところ、

「ああ、あれね。全くおばあさんがミエっ張りだったから」

と顔をしかめた。近所の人を頼んで甲府駅に迎えに行ってもらい、その夜は大宴会を開いたという。まだものが不自由だった時代に、大ご馳走をしたそうだ。

「まあ、お父さんが帰って嬉しかっただろうけど、それからミヨジさんの苦難の歴史が始まったわけだよね」

私はからかう。私の母ミヨジは、翌年四十近くなって私を生み、二年後に弟も生んだ。しかし東京生まれ東京育ちの父なのに、いっこうに上京する気配はない。元の銀行に戻るのは無理としても、就職運動してくれるだろうと思った母は、すっかりあてがはずれたそうだ。

当時うちの母は、食べるために自分の古本を売って小さな本屋を開いていた。「清水屋」が持っていた隣りの貸家に細々と本を並べていたのである。父はずるずるとそこに

入り込んだ。そしていろんな事業に手を出しては失敗し、その合い間には麻雀や競馬に精を出す。うちの祖母は、

「あんな男は一生中国にいてくれればよかったのに」

と怒っていたらしい。

だけどマリちゃんは、本当に運がいいよ、と母が言った。うちの父はあやしげな共産党思想を持って帰国したのであるが、もうひとつ中国仕込みのものがあった。それは餃子のつくり方である。うちの餃子は本当においしい。皮からつくる水餃子で、子どもの頃はひとり三十個近く食べた。この餃子が評判を呼び、店をやらないかという話があったらしい。本屋はまるっきり儲からなくて貧乏していたので、心がかなり動いたという。

「でもよかったよね。餃子屋の娘が作家になるより、本屋の娘の方がいいもの」

どうして両親の戦後史を本にしないのかという声があるが、今の人たちは元気に現代を生きる老人の話は好きだが、昔話は好きじゃない。本当にそう思う。

東方の思い出

朝、夫の怒鳴り声で目が覚めた。

「何だ、このにおいはいったい何なんだ。くさい、なんてもんじゃない。ひどいよ」

実はその前夜、新宿厚生年金ホールへコンサートを聴きに出かけた。ここを訪れたのは、いったい何年ぶりであろうか。十数年ぶりと記憶している。

ホールだけではない。実はもっと昔、コピーライターをしていた私は、ホールのごく近所のデザイン事務所に出入りしていたのである。週に三回ほど、新宿駅から事務所まで歩いた。近道を見つけ、裏通りを歩いた。私は若く世間知らずで、あのあたりがどういうところか全く知らなかったのである。

二丁目に気に入った喫茶店があり、よくそこでコーヒーを飲んでいたが、そのうちに不思議なことに気づいた。女性は私ひとりで、他はすべて若い男性なのだ。しかも若くてちょっといい男ばっかり。みんな親しそうに、カウンターに向かって話しかけたり、小さなグループをつくってこそこそ話している。

そこがその種の男性のたまり場と知ったのは、随分たってからである。自殺した俳優さんの愛人（どちらも男性）の店として、週刊誌やワイドショーに出た時、私は声をあげた。

「あー、あの店じゃん」

私がいつも感じていた奇妙な疎外感はそのためだったのかとやっと合点が行った。

さてそんなわけで新宿界隈が懐かしく、すぐに帰る気にならなかった。いつもならタクシーで、どこかいきつけの店へ移動するのであるが、コンサート後もぐずぐずとそこらを歩き、歌舞伎町まで行った。ここも十年ぶりぐらいだろうか。おっかないとこだと思っていたが、もっとおっかなくなっていた。歩いている人がタダ者じゃない、という感じの人ばかりなのである。

「私、ハンドバッグ、しっかり抱こう」

とつぶやいたら、

「そこまでしなくてもいいですよ」

連れの男性に笑われた。

そしてディープな韓国料理屋さんに入り、二人で焼肉を食べた。ここは有名なホストクラブの真前である。私たちの傍のテーブルで、三人の男性が焼肉をつついていたが、茶髪の風といい、スーツの着方といい、見るからにホストである。聞き耳をたてると、指名がどうのこうのと話していた。

「ふうーん、こういうのがホストっていうのかァ」

私はちらちらと視線を走らせる。

「一度行きたいと思ってたけど、こんなレベルのニイちゃんたちなら、そんな必要ないよね。そういえば中村うさぎさんから『ホストナイト』っていうイベントのお誘いが来てて、すごく心が動いてたけど、やっぱりやめよう。こんなおニイちゃんたちにお金使うのはもったいないもん」

この時風邪気味だった私は、焼肉とは別に「ニンニクオイル焼き」もオーダーした。翌日から京都へ行くので、ここで力をつけておかなくてはならない。最近トシのせいか、体力が落ちてすぐに風邪をひく。早めに用心するに越したことはないと、山盛りのニンニクはほとんど私がたいらげた。

それが朝のすごいにおいになっているらしい。

「なんとかしてくれよ。ニンニクのにおいが、この部屋に充満してるんだぜ。こんなの公害だよ。傍《はた》迷惑だよ」

夫がギャーギャー言うので私も必死だ。口臭剤を飲み、牛乳を二本飲み、新幹線の中ではガムを噛み続けた。けれどもやはりすごいにおいだったらしい。

出迎えてくれた人に、

「ニンニクのにおい、すいませんねえ……」

と言ったところ、

「いやあ……」

と曖昧な返事が戻ってきた。

そして昨夜、私は池袋へ行ってきた。西武池袋線に乗り換えようと、山手線を降りしばらく歩いたのであるが、地下の変わり様に驚くばかり。

この街にかつて長いこと住んでいた。学校が西武池袋線沿線だったため、江古田から上池袋へと引越したのは、いったい何年前だったろうか。もう思い出せないぐらい遠い日だ。合計五年住んでいた。

この地下を毎日のように歩いた。立ち喰いのフードコーナーがあり、私はそこのチーズドッグが大好物であったが、そんなものは残っていない。

そしていったん外に出た時、私は幾つかのネオンを眺め、知っている店がほとんど残っていないことを確かめた。

今、駅前というのはたいてい「マツモトキヨシ」と「スターバックスコーヒー」のネオンが輝くものらしい。京都へ行ったら、八坂神社の真前が巨大な「ローソン」になっていたのと同じことだ。

そして私はふと焼肉のことを思い出したのである。

あれは大学を出たものの就職口がなく、プータローをやっていた時であった。新聞のチラシを見たら、「焼肉食べ放題」という文字が躍っていた。今でこそ食べ放題など珍しくないが、当時としてはそれこそ画期的なことだったのである。

四人でグループを組み、規定の量が食べられたらタダになるというシステムだから、食べ放題とはちょっと違うか。

とにかく焼肉が好きなだけ食べられるなどというのは、貧乏な私にとって夢のような話であった。

さっそくバイト先の三人を誘いグループをつくった。あの頃私はすごく太っていた頃で、ちょっと立話をした別のグループの女性が、

「あなたのところは有利よねえ……」

と言ったのをはっきり憶えている。かなり傷ついた。

このところ、東京の西の方へ住み、東へ行くことは全くといっていいほどなくなった。ちょっと気取った街や店ばかり行っている。

けれども私の青春は、すべて東か北の方から始まっている。学校も仕事先も、あちら方面であった。そして焼肉の思い出と固く結びついているのである。何が今さら「おっかない」であろうか。

ケイタイが鳴っている

劇場の椅子に座り、幕が開くのを待つひととき。私はいつも胸がドキドキする。

「今日もまたケイタイが鳴ったらどうしよう」

まさかと思うようなところで鳴る。芝居通が集まる小劇場であろうと、オペラの最中であろうと鳴る。

さっきも新国立劇場でオペラを観てきたところであるが、一場が終わり、暗いまましばらく静寂が続いている最中、高らかにケイタイが鳴り響いた。

先日はシリアスなお芝居の最中、鐘の音色のケイタイが鳴り始め、効果音かと思ったぐらいだ。その話を友人にしたところ、

「まだマシな方よ。このあいだ『ハムレット』のお芝居の最中、いきなり『ドラえもん』のテーマ曲だもん、劇場中苦笑で、お芝居にならなくなったの」

観客はその時の感興をいきなり裁《た》ち切られるわけであるが、俳優さんたちはもっと嫌だろう。ある方と対談した時にお聞きしたら、現実にひき戻され、元のテンションになるまでものすごい時間がかかるそうだ。ひどい時はすっかりやる気をなくすとまで言う。お芝居やコンサートの始まる前、あれほど注意を受けるのに、どうしてケイタイが鳴るのだろうか。

私の友人に言わせると、ケイタイは二幕めに鳴るそうだ。

「みんな幕が開く前には注意して切ってる。だけど幕間に、レストランを予約したり、用事を思い出して電話をするだろう。その時いつもの習慣で、つい電源を切らないままにしておくんだよ」

私がこのあいだまで持っていた古い型のケイタイは、電池が切れると、電源をオフにしていようとけたたましいブザーで教えてくれた。そんなおっかないものを持っていたという後遺症から、私は未だにびくびくしているところがある。電池の残量を何度も確かめずにはいられない。気の張るクラシックの時は、家に置いておくことさえある。

劇場中がしんとしている最中に、あの電池切れブザーが鳴る光景を想像してはぞっとするからだ。そうでなくても私のケイタイは、

「全然繋がらない」

と評判が悪い。家に置いてあることが多いうえに、持ち歩く時はバイブにしてバッグ

の底にほうり込んでおく。たまにかかってきたものを耳にあてると、

「あ、出た。ウソー」

などと驚かれるぐらいだ。幻のケイタイと呼ぶ人もいる。専《もっぱ》らかける方専門なのであるが、「機械オンチ」というより、病的に機械に弱い私は、もちろんメールなど出来ない。それどころか電話番号を登録するなどということにも全く考えが及ばない。

ある時、後で夫と待ち合わせをすることになったのだが手帳を忘れた。夫のケイタイ番号も書いてある。

「悪いけど、これにメモしてよ」

と頼んだら、夫が怒った。典型的な理系人間の夫は、機械を使いこなしていない人、使われていない機械を見るとカーッと頭に血が上るようだ。

「どうして僕の番号ぐらい登録しておかないんだ。番号を登録しないケイタイなんて持ってたって仕方ないだろ。だいたいキミは、パソコン買ったって、手も触れないでそのままじゃないか、いったい何を考えてるんだ」

ケイタイから話が発展しそうなのであわてて逃げ出した。

私だって努力したのである。新しいケイタイを買った直後、取扱説明書を持って新幹線に乗った。

「絶対に今度は使いこなしてみせる。大阪に着くまでには、これを読んでマスターして

みせる」

けれど名古屋に着く前に、取扱説明書を放り出した。イラスト付きのわかりやすいものだったが、やはり受け入れることが出来なかったのである。

私とて、時々は男性からケイタイの番号を聞かれることがある。が、即座に答えられない。

「えーと、何番だったっけ。このボタンをどっか押してくださいよ、そうすれば番号が出てくると思うんだけど」

「僕と機種が違うからわからないなあ」

そう言って手にとるものの、ま、私のケイタイ番号であるから誰も熱心にそれ以上のことはしない。だからケイタイに電話がかかってくることは、ますます少なくなるのである。

ところで私は、最近驚くことがある。どうしてみんな、あれほど無防備にケイタイ番号を教えてくれるのだろうか。名刺に刷っている人さえいる。初対面でもすぐに教えてくれる。反対にこちらの番号も平気で聞いてくる。

「ハヤシさんの番号、教えてくださいよ」

昔はこうではなかった。自宅の電話番号を教える時など、そりゃあ慎重にしたものである。相当親しくならなければ、番号を教え合ったりはしなかった。

それが今は、自分だけでなく他人の番号まで教えてくれる。

「○○さんに連絡つかないんだけど」

と言ったとたん、

「あ、じゃ、ケイタイ教えてあげるよ。こっちにかけてごらん」

と、いとも簡単に教えてくれるのだ。

ついこのあいだ、人気のアイドルと対談した。とても可愛く面白いコで、めったにないことであるが、

「あ、このコと友だちになれそう」

と直感で思ったものだ。

「ハヤシさん、今度遊んでくださいね」

「もちろん、一緒に遊びましょ」

などという会話があったものの、それ以上発展することはほとんどの場合ない。

ところがそれから十日後、京都駅のホームに立っていた私は、向こうから背の高い女の子が歩いてくるのを見た。抜群のスタイル、ちっちゃくて可愛い顔。よく見たらあのアイドルのA子ちゃんだった。

彼女は新幹線の私の席まで来てくれて、一枚のメモを渡してくれた。それには、

「私はもう友だちになれたと思ってますけど、そうですよね」

という言葉と一緒にケイタイの番号が。素直にとても嬉しかった。貴重なケイタイ番号。いつ鳴らそうかと考えている。こういうのって、いいもんですよね。

青い鳥はここに

今話題のミュージカル「マンマ・ミーア！」のプレミアム公演を観に出かけた。

いやあ、面白かった。

最初こそ、日本人たちが「ハリー」、「ドナ」などと呼び合うシチュエーションに照れる、というものの儀式があったものの、後は達者な歌と踊りにひき込まれていく。

「マンマ・ミーア！」は、七〇年代終わりにメガヒットをたて続けに出したＡＢＢＡ《アバ》の曲を、ミュージカル仕立てにしたものである。「ダンシング・クイーン」をはじめとする懐かしい歌がいっぱい。最後は観客たちも立ち上がり一緒に踊りまくる。

「白人文化の楽しさをちょっと味わわせてもらう」

という感はあるが、演じる俳優たちの迫力にいつしか圧倒されてしまう。そして思う。

「日本人だってやるじゃん」

そして昨日はスピルバーグが企画した映画「ザ・リング」を見た。これは日本版「リング」を見て触発されたスピルバーグが、大金をかけてハリウッドで作らせたものだ。特撮のところなどさすがと思うけれども、私は日本版「リング」の方がはるかに怖いと思った。少女が黒髪を垂らしているシーンを見て感じたのであるが、こういう土俗的なおどろおどろしさは、やはり日本の風土でこそ生きるものではないだろうか。「貞子」はどうやっても、肉食人種には無理だ。

そう、私は中田秀夫監督というのはすごい人だと思った。この軍配、世界のスピルバーグでなく中田監督の方に上げたい。

「日本人だってやるじゃん」

つい先日のこと、ある映画監督の伝記を読んでいた。その中に、

「買物は地元でする。その方がずっと粋だから」

という文章があった。なるほどなあ、考えてみれば、地元で買えるものを重たい思いをして、都心から運んでくることはないのだ。「運ぶ」という行為のために、しゃれた頑丈な包装が必要になってくる。こういうのはもったいないことだ。私のようなぐーたらでさえそう思う。

デパートの地下でたかだか八百円ぐらいのおかずを買う。するとビニール袋に入れ、そのまわりを包装紙でくるむ。それどころか、それを入れる紙袋かビニール袋をくれる

のだ。実にもったいない話ではないだろうか。

ひと昔前の味噌のCMに、子どもが鍋を片手に歩いているシーンがあった。近所のお豆腐屋さんにお使いに行くのである。自分のところの鍋ならば、ビニール袋ひとついらない。

私が子どもの頃は、一升瓶を持ってソースを買いに行かされたものだ。

「甘いソース四、辛いの三」

と言えば、おじさんが枡《ます》で計って入れてくれた。ペットボトルなど必要ではない。資源をこれほど大切に出来たのも、徒歩で行ける地元の店だったからである。

もともと私は小商いをしていた家の娘である。地元の商店街を大切にする気持ちはある。地元で買えるものは買う。都心のデパートはなるべく使わないという方針をたてた。よく見ると地元で買えるものはいろいろある。食べ物はもちろん、ストッキングやタイツといったもの、ちょっとした台所用品、気軽に着るもの。靴ではなくサンダルは地元が充実している。

化粧品だって値段は同じだ。何も駅前で売っているものを、都心のデパートで買うことはないと思うようになった。

その最たるものが本であろう。私の住んでいる街には、小さな本屋が何軒かある。私は出来るだけここで買う。店になかったら注文する。

ケーキも今までだったら、青山や表参道まで足を伸ばし、有名店のものを買った。デパ地下で話題の店のものを手に入れようと並んだこともある。が、駅前のケーキ屋さんのものも充分にいける。おいしいし値段もリーズナブルだ。

このあいだ羽毛布団を買おうと思いついて、デパートでパンフレットを集めてきた。そして考える。「パンフレットがあれば、近所の布団屋でもいいじゃないの」

大きなデパートからすれば、七万円の買物などフンという感じであろう。けれども住宅街の小さな布団屋で、七万円買物をしたら、私はその日から大切なお客ということになるはずだ。喜ばれた方がずっといいにきまっている。

そうしているうちに、私は以前大好きだった「お取り寄せ」から遠ざかってしまった。確かにおいしいし健康にもいい。しかし、たかだか食べ物じゃないか。味噌や醤油にどれほどの差があるものだろうかと思ってしまう。いや、確かに差があり、一度食べたら忘れられない味なのだろう。だからといって、あの過剰包装を容認しなくてはいけないのだろうか。

千円ぐらいの品物でも、日本各地から送られてくる。厳重に包まれ、排気ガスをまきちらしている宅配便によって運ばれてくる。

「人よりもおいしいものを食べたい」

という思いは、考え方によってはかなりのエゴイズムである。しかし誰もが持っている欲求だから仕方ない。

私もそのひとりであるが、はがしたラッピングの山を前に、いつも疑問がわいてくる。一時期、海苔も味噌も醬油も塩も、みんな取り寄せていたため、その箱たるやすごい量であった。

「ちょっとしたおいしさのために、ものすごく無駄なことをしているんじゃないだろうか」

話は変わるようであるが、つい先日女性誌で対談をした。女の幸せとは、というテーマだったと記憶している。その中で私はこう言った。

「外に出て、いい男だなあと心ときめかして家に帰れば、似たようなのがうちにいるじゃん。好みだなあと思う男の元《もと》は、実は夫だった。そお、青い鳥はうちの中にいたのよ」

惚気《のろけ》ではなく、最近気づいた。ごく近くに結構いいものが存在しているのである。

メール酔い

作家の石川好《よしみ》さんは、秋田県にある公立短大の学長でもある。秋田県というところは、教育についての面白い試みを熱心にしているらしい。

「うちで『秋田の高等教育を考える』っていうシンポジウムをするから、何人か出席してよ」

とわが「エンジン01文化戦略会議」にお声がかかった。「エンジン01」というのは、文化人たちが集まり、批評ではなく具体的に世の中を変えていこうという団体である。教育問題についても提言していこうとしている。発言の場があるこういうシンポジウムは大歓迎だ。

「県と市が共催だけど、予算はないからお金は出せないよ。その代わり夜は温泉をつけるからさ」

という石川さんの言葉につられ、我々は出かけることにした。男性五人、女性二人という組み合わせである。

私のエッセイを読んでくださっている方からよく、

「ハヤシさんのまわりは、どうしていい男ばっかりなの。書いてあることは本当なの」

というご質問を受ける。が、事実なのだから仕方ない。

ひとつ言えることはこの「エンジン０１」の存在が大きいかも。比較的若手の学者さんやジャーナリスト、建築家、音楽家といった人たちがいる。みんなハンサムばかりだ。中でも「東大の役所広司」といわれるフナビキ教授は本当にカッコいい。すらりとした長身に、私の大好きな端整な顔立ちである。あまりにも完璧なので、少々近寄りがたい感じさえする。ところがこのフナビキ先生、私の本をほとんど読んでくださっているというではないか、文庫まで読破してくれているという。

それでもあまりの素敵さにおじけづいていたのであるが、温泉というところは本当にいいところです。

一晩同じ屋根の下に泊まり、お互い浴衣姿でお酒を飲んだりするとすっかり気持ちが寄り添ってくる。天下のインテリと思っていたフナビキ教授に、案外おちゃめで可愛いところがあるということもわかった。

次の日秋田空港に着く頃には、すっかりタメ口をきいていた私だ。その時先生が突然言った。

「ハヤシさん、メール出来る」

「も、もちろん」

「じゃ、いまハヤシさんのアドレス教えて」

ご存知だと思うが、私と機械とは本当に相性が悪い。私はメールどころか、パソコンも操作出来ないぐらいだ。ケイタイは持つには持っているが、ただかける専門である。

さあ、困った。私のケイタイからどうやって自分のアドレスを出せるのか。しかし先生と〝メル友〟になれるチャンスも絶対に逃したくない。

「後で私の方からメールします。だったら私のアドレスもわかるでしょう」

苦しまぎれにそんなことを言う私に、先生は自分のアドレスを教えてくださった。

そしてそれから私の「地獄の特訓」が始まったのである。まずぶ厚いマニュアル本を読むことにした。そして私ははっきりとわかった。

「私がいけないんじゃない。マニュアル本がいけないんだ」

とにかく話をややこしく複雑化させている。説明どおりの表示が出なくて、何度ヒステリーを起こしたことであろうか。

「ポケットベルと同じです」

という箇所が幾つもあり、おばさんのことを少しも配慮していないのだ。

家に来る若い人に教えてもらおうとマニュアル本を見せたところ、

「ハヤシさん、みんなこういうの使いませんよ。友だちから聞いて自然に憶えちゃうものです」

と笑われてしまった。が、このマニュアル本だけが頼りなのである。少し光が見えてきたと思うと、またイチからやり直しとなる。こういうのを現代の悪文というんだろう。

しかし私は何とかやりとげました。ちょっと友人に手伝ってもらったものの、二日後の夜、無事フナビキ先生に送信したのである。

なんと十分とたたないうちに返信があった。

「よくメールが打てたね。エライッ」

と書いてあった。

先生らしく「よく打てたね」という言葉の感じが素敵。このトシになると、こんな風に誉められることはない。嬉しくって涙が出てきそう。

そしてこの瞬間から、私はメールにはまってしまったのだ。とにかく打つことだと指を動かし、何人かからメールアドレスを聞き出した。そういう人に向けてメッセージを出す。するとすぐにお返事が来る。それを開ける時の、わくわくするような気持ちといったら……。

「こんな面白いもん、どうして今までやらなかったんだろう」

今まで電車の中で、メールをやっている人たちをさんざん軽蔑してきた。あんなことをして何になる、それよりもせめて文庫を一冊読んで欲しい、なんて考えていたわけだ。けれどもメールというのは、秘密の小さな玉手箱を持っているようなものだ。いろんな人からメッセージが送られてくる。しかもすぐその場で見られるから楽しい。気がつくと私は、電車の中で指を動かすようになった。「親指族」の一人になってしまっていたのである。

それにしても男の人の力はすごい。今まで女友だちから、

「お願いだからメールをやってよ。どうせあなたは打てないだろうから、受信を見るのだけでもマスターして」

と懇願《こんがん》されていたにもかかわらず、いっさい手をつけなかった。それなのに男性の「メールをやろうよ」という言葉が、これほどの努力を支えたのである。

四日めにして、私はかなりうまく打てるようになった。飽きるまで徹底的に凝るのは私の癖《へき》である。五分置きに覗き込み、あの人からなぜ返事が来ないと、すぐ電話をかける。

「どうして私のメールに返事がないの？　ひどいじゃん」

しかし困ったことが起こった。二時間三時間ずっとメールをやっているうち、船酔いのような状態になってきた。こういうのってメール酔いっていうのかな。

美女空間

日経新聞の「私の履歴書」という連載が、山本富士子さんのシリーズになり、毎朝読むのを楽しみにしている。

ここには私の知らない世界が拡がっているのだ。

単なる美人とか、綺麗な人、というのはいっぱいいるだろうけれども、山本富士子さんは「絶世の」、「歴史に残る」という表現がつく。お若い頃の写真を見ていると、それこそ光り輝くばかりである。

そのエッセイによって、今まで私にとって全く謎であった美女の人生が見えてきたのである。

山本さんが通う女学校に、人気男性教師がいた。山本さんが引越しする時封書をくれ、その中で歌をよんでいるのだが、どうもこれはラブレターらしいのだ。

ご本人は謙遜しておかきになっていないが、山本さんが町を歩いていたりしたら、それこそ大変な騒ぎになっていたのではなかろうか。

これも何かの雑誌で目にしたのであるが、かの佐久間良子さんが女学生時代、毎朝八時十分だか十五分だかの列車にお乗りになった。その列車は近隣の男子高校生で押すな押すなになったという。

美女に伝説はつきものであるが、昔は男女共学が少ない分、こういうドラマは起きやすかったような気がする。

岸恵子さんのエッセイにも、こんな一節がある。

中学生の時、列車で向かいに座った男の人としばらくお喋りをした。疲れていた岸さんは、

「あったかい牛乳が飲みたいなあ……」

とつぶやいて、そのまま眠ってしまったらしい。そして起きてみると、窓ぎわに湯気の立つ牛乳と手紙が置かれていたという。そこには、

「お嬢さんは眠っていても笑窪《えくぼ》が出来るんですね」

と書かれていたそうだ。

いいなあ、こういう話。少女時代の岸恵子さんだったら、それこそ天使みたいだったろう。今ならすぐ男女交際しちゃうが、あの頃の美少女はそれこそ神々《こうごう》しかったろうな

あ。きっと美人というのは、まわりの人に幸福をふりまいていくんだろうなあ。

ついおとといのこと、バーで何人かとくだらないことを喋っているうち、有名な美人の話になった。

「あの人、いろんな人とつき合ってるけど、誰にもなびかないし、誰にも気のあるそぶりをしないのよ。ああいうのって立派よね」

そこのママが言った。彼女はいろんな男の人とこの店に来るけれども、絶対に隙を見せないそうだ。

「お酒飲んでもだらしなくなったりしない。送らせたりしない。あの人は身の処し方を知っているのよね」

「ふうーん」

と私。

「美人っていろいろ大変なんだねえ……」

すると間髪を入れず、男友だちが私をからかった。

「アンタも大変でしょう」

「いいえ、慣れてるから平気よ」

明るく答えた。

ところでこの話はある女性誌に書いたことがあるので、ネタの二重売りのようで恐縮だが、最近とてもショッキングなことがあった。若くすんごい美人のコとご飯を食べていた最中、私がふと尋ねた。

「今日は○○ちゃんとどこで待ち合わせしたの？」

「和光の前で待ち合わせしました」

すると夜の銀座に詳しい男性が言った。

「君なんか、和光の前に立ってたら大変だろ」

「ええ、大変ですよ」

何の話をしているのかよくわからない。

「もう、名刺がこんなもんです」

ええ？　名刺ってどういうことなんだろう。

「彼女みたいな若い美人が、和光の前になんか立ってみなさい。スカウトマンがどっと押し寄せるよ」

銀座の高級クラブのスカウトマンたちは、そこいらにいっぱいいるというのだが、私は未だかつてそんな人物に会ったこともない。存在すら知らなかった。

私が歩けばただの道。けれども美人には違うことがある。全くの異空間が拡がっているのだ。

「だけど不愉快な話ですよね、美人の方が、この世はずっと広いってことじゃないですか」

私は作家の石川好さんに憤った。実は石川さん、若い頃に銀座のクラブのスカウトマンをされていたというのだ。昭和四十年代に全盛だったそのクラブは、勤める女性も一流ならお客も一流。今でも名を知られる一流の政財界人たちが連日押し寄せてきたらしい。

「惜しいよねえ。僕がまだスカウトしていたら、ハヤシさんに絶対声かけたよね」

「本当ですか」

私は嬉しさのあまり、顔がほころんできた。

「じゃ、私ももしかしたら銀座のホステスになれたかもしれないですね」

「そりゃそうだよ」

「口惜しい。私、学生時代にもっと銀座を歩けばよかった」

私はこの話をみんなに言いふらした。

「石川さんみたいなプロから見れば、私みたいなのが銀座のホステスに向いてるらしいのよね」

石川さんに同じことをもう一度言ってもらいたくて、次に秋田で会った時私は再び話をそっちの方へ持っていく。

「私が若い頃、石川さんとすれ違ったら、絶対に声をかけてもらったんですよねッ」

「もちろんだよ」

石川さんは深く頷いた。

「僕がスカウトマンなら、ハヤシさんか○○○さんに絶対声をかけるね」

嫌な予感がした。○○○さんというのは私よりいくらか年上の女流作家であるが、決して美人とか色気のある人ではない。

「だいたいねえ、今の銀座がダメになったのは、ワンパターンの女ばっか入れるからだよ、ホステスっていうのは、バラエティを持たせなきゃいけないの。ハヤシさんとか○○○さんみたいに、座持ちのいいのも入れなきゃ活性化しないの」

これって誉め言葉だと思います？　美女は美女、私は私の独自の人生を歩んでいる。

初出／週刊文春　二〇〇一年十月十八日号～二〇〇二年十二月二十六日号
単行本／二〇〇三年三月　文藝春秋刊

文春文庫

旅路《たびじ》のはてまで男《おとこ》と女《おんな》

定価はカバーに
表示してあります

2006年2月10日　第1刷

著　者　林《はやし》　真《ま》理《り》子《こ》
発行者　庄野音比古
発行所　株式会社　文藝春秋
東京都千代田区紀尾井町 3-23　〒102-8008
TEL　03・3265・1211
文藝春秋ホームページ　http://www.bunshun.co.jp
文春ウェブ文庫　http://www.bunshunplaza.com

落丁、乱丁本は、お手数ですが小社製作部宛お送り下さい。送料小社負担でお取替致します。

印刷・凸版印刷　製本・加藤製本

Printed in Japan
ISBN4-16-747629-0

文春文庫

林真理子の本

（　）内は解説者

林真理子
こんなはずでは……

ゴルフ、エステに株式投資。若さにまかせて突撃したものの、世の中、なかなか思惑どおりにはいかないものだ。週刊文春の好評連載エッセイシリーズ第四弾。（田中優子）

は-3-8

林真理子
余計なこと、大事なこと

大論争の発端となり文藝春秋読者賞を受賞した「いい加減にしてよアグネス」を始め、鋭いテレビ評、現代の若きエリート十一人のインタヴュー等を収録した硬派時事エッセイ。（中野翠）

は-3-9

林真理子
短篇集　少々官能的に

母の傍で情事を思い返すＯＬ、恋人にベッドで写真を撮らせた女。くすぶる性を描いた官能小説集。「正月の遊び」「白いねぎ」「プール」「トライアングル・ビーチ」「この世の花」「私小説」収録。

は-3-10

林真理子
満ちたりぬ月

圭が三十四歳でようやく手にしたキャリアや恋人を友人絵美子が羨むことは許せない。彼女は幸福な家庭生活にずっと甘えていたのだから。働く女と人妻の葛藤を描き、女性の充実を問う。

は-3-11

林真理子
昭和思い出し笑い

着物や健康法に凝り、外国暮しに憧れて、友人の結婚式で物思い。それもこれも、みんな昭和の出来事、あの時代のある断面。ラストでちょっぴりじんとくる好エッセイ集。（内館牧子）

は-3-12

林真理子
ウフフのお話

「オレは嫌なことから君を守ってあげられる」――「思い出し笑い」シリーズ六冊目、ついにマリコは結婚を決意！　お付き合いから婚約記者会見までの心の揺れを綴った話題作。（麻生圭子）

は-3-13